最強之間的相親結果

腦內浮現出昨晚苦讀的戀愛指
其中不正有……嗎！
刻意製造……場面，使
小鹿亂撞……會讓對
認為是因為戀愛而悸動。確實，其
者為——「吊橋效應」。目錄是這麼
寫的吧。【高級篇之六】這其實是
戀愛的心跳加速？利用「吊橋效應
一下子縮短距離吧！「高級……
篇……！」
這男的——絕對是戀愛強者。
ブリザードローズ
最強的魔女《冰結姬》
蕾法・艾爾朵麗塔
戰鬥
相親開始!!!

「——等等，這個是……！」
阿格尼斯的腦海中，閃現出梅給的
那本戀愛指南書上的守則。其中不
就有這條守則嗎！讓對方提心吊膽
使人誤以為這是戀愛的心情。確
實是——【高級篇之六】這其實是戀
愛的心跳加速？利用「吊橋效應」
一下子縮短距離吧！「是高手……
？」
阿格尼斯
汗。這是
八寰的惡魔詭計。上回的
這次的不自然笑容，
這女的——完全是戀愛強者。
最強的劍士《獄炎帝》
フレイムロード
阿格尼斯・萊斯特
Copyright © Umiko
懸繫著國家的命

哥哥的貞操
也要由我來管理！
阿格尼斯的妹妹
梅・萊斯特
妳剛說的話，
不覺得有些荒唐嗎……？

坊間有句崇高的格言說道：
『女人要嬌柔。』妳可能不知道就是了。
我知……
啊，是的。
蕾法的侍女
羅賽琳

被海水濺濕的白色連衣裙，緊緊貼在身上。
顯現在溼透的布料上的是……蕾法那穠纖合度的
誘人身形，以及布料面積明顯過少……真的非常少的……
比基尼。

不、不是……！
這個……不是那樣啦……！

目次

[contents]

Saikyoudoushi ga Omiaishita kekka
Presented by Sakaku Hishikawa
Ill.U35

最強之間的相親結果

菱川さかく

更生文化設計

封面・彩頁插畫・本文插畫
U35

序章

——久違了啊，這種感覺……

少年——阿格尼斯．萊斯特輕嘆了口氣，整裝待發。

他成長於大陸東南部的大國——埃斯基亞共和國。雖然出生自歷代誕生眾多國家元首的名門，依然自幼便提著劍，在戰場上四處奔波。時而面對數千敵軍；時而面對若干的兇暴魔物。不論颳風下雨，即連就寢時分，他也珍而惜之地揮舞著長劍。

烏黑的髮絲下，有雙彷若燃燒著的赤紅雙瞳，頸上掛了條散發出混濁鈍光的黑色吊墜，臉上則一副與其鋼鐵般體魄，毫不相襯的天真神情。他就在不知不覺間，成為了「最強」之名的劍士，又以一招揮劍摩擦大氣，便能使之產生火焰的超絕劍技，而得到了「獄炎帝」的稱號。

在這樣的他面前，佇立著一位用面紗遮臉的少女。

善於權謀、盛行魔法的北方大國——伊格瑪爾王國。她是與他們處於長期對立狀態的國家王族，同時也被稱為天才魔術師。從未與敵人短兵相接，卻在戰場上以她無與倫比的強大魔力，而被稱之為能凍結一切的「冰結姬」。

在一觸即發的氛圍中，相互敵視的兩國「最強」，便在咫尺之間對視著。

少年——阿格尼斯繃緊了全身的神經，揣摩著目前的心情。這是在戰場上生存的竅門之一，為了能客觀地認識自我。

——恐懼？

斷然不是。不論對手多麼強大，自己都是「最強」。不可能會害怕。

——興奮？

這也不太對。感覺現在蠢動著的血液，與作戰前的那種感覺完全不相同。

——緊張？

果然，大概就是這個了。

因為接下來要開始的，既不是你死我活的殊死鬥，也不是地動山搖的力量展示。

是相親。

基於某些原因，相互衝突的兩國突然意欲同盟，作為友好的起手式，是要讓兩國的兩位最強之人，互相結為親家。

如果能順利談妥，或許能替兩國經年不休的爭戰，畫上休止符。對於自小就活在戰場上的阿格尼斯來說，相親這種活動是種未知的領域。況且，對方還是長年敵對的國家，又是在戰場上惡名昭彰的冰之魔女。無論如何……斷然無法以「一般」思維來處理。

相親地點是位於大陸上，擁有廣泛信徒的神聖教會的聖堂中。在鑲綴著精緻彩色玻璃的房間內，擔任司儀的年輕女主教清了清嗓子，用充滿威嚴的語調說道：

「那麼，現在開始進行相親儀式。雙方請報上姓名。」

阿格尼斯像是下定決心般，深吸了口氣說道：

「阿格尼斯．萊斯特。埃斯基亞共和國三大公之首——萊斯特家族的三男。」

「蕾法．艾爾朵麗塔。伊格瑪爾王國王族四女，第五王位繼承者。」

少女緩緩揭開面紗，發出銀鈴般的悅耳聲音，朗聲說道。

——！

那是，令人難以置信的美貌。如溶雪般的白皙肌膚，與其形成鮮明對比的桃色及腰長髮，五官姣好的面容上，點綴著一雙似若冰晶的瞳仁。宛若童話中的女神般，整個人就彷彿是用良質美玉，精雕細琢而成的冰之藝術品。

——她就是「冰結姬」啊。

在戰場上總是罩著面紗，關於「冰結姬」的真實樣貌，人們總是諸多臆測。甚至因為過於強大，甚至有人謠傳……她是被禁咒召喚出來的惡魔，然而真正的她卻是——有著傾國傾城美貌的美少女！

突如其來的驚人美貌，令阿格尼斯的腎上腺素飆升。啊——

——怪了？

明明等一下相親就要開始了，自稱蕾法的少女，卻面若寒霜地瞪視自己。

「總覺得……忽然有點冷耶……？」

女主教不安地搓揉著手臂。已經是驚蟄時分，房間內卻異常寒冷。玻璃窗上結了層霜，鼻息間還夾雜著白霧。

——難道是……。

阿格尼斯的腦海中，閃過一絲危險訊號。

表面上，雖是雙方結盟的示好活動，但在這裡相視而立的，卻是兩國的最強之人。打算趁此機會，埋葬掉對方的「最強」也不足為奇。

少女的視線依舊冷峻，眼睛眨都不眨一下，只有嘴角微微上揚，令人聯想到惡魔的嗜虐神態。

從她身上溢出的魔力波動「碰！」地增強了。

——是來解決我的！

預感轉為確信。

一股直透心底的冷冽空氣。杵在一旁的女主教，全身開始顫抖地說著：「好、好冷、好冷！」大氣瞬間凍結，手腳感到麻木。冰冷的氣息沁入鼻腔，瞬間就能讓人窒息。

多麼沉重、冷酷的魔力。

緊隨而來的——是少女那猶如惡魔般的視線。

不能再猶豫了！再不行動，就會死！

「休想得逞！」

阿格尼斯握住了掛在脖子上的吊墜。

瞬間，倏地「轟」一聲，眼前出現一把刻著朱紅刃紋的漆黑長劍。藉由握住作為魔具的吊墜，可隨時呼喚的愛劍澤姆斯。握著劍柄的阿格尼斯，以迅雷不及掩耳的速度，將劍鋒朝少女斬落。

神速的斬擊。超越音速撕裂空間的劍刃與大氣間摩擦，繼而催生出熊熊燃燒的熾熱火焰。這就是為什麼，阿格尼斯會被稱之為「獄炎帝」的原因。

「火、火啊！好熱！這下又變得好熱！」

罔顧女主教的尖叫，阿格尼斯的烈焰消溶了凍結的大氣，以大炮般的氣勢衝向了少女！但——

啪嚓，伴隨著彈指聲，火紅的烈焰被渲染成白銀，接著粉化成碎沫。同時，無數支冰槍顯現在空中，宛若一條露出銳利尖牙的冰之巨蟒，一齊襲向阿格尼斯。

讓魔力與自然界中的精靈能量相互呼應，繼而編織出有形的魔法。

女主教顫抖著嗓音咆哮道：

「這次又好、好冰！好冰啊啊啊！」

——反擊嗎？我接受！

無數冰槍自四面八方，以驚人的速度襲向阿格尼斯。無處可逃，但——

「啊啊啊！」

阿格尼斯將力量集中在手中的愛劍上。

燃燒著地獄之火的劍身，瞬間閃耀出奪目的光芒，一刀了卻全部的冰槍。

冷與熱的交錯；紅與藍的紛飛。

「好熱、好冷！是、是怎麼回事？從剛才開始就在做什麼嘛！」

害怕、驚慌失措的女主教，正在叫苦不迭時，阿格尼斯輕吐了口氣，視線聚焦於自己的手。

「不愧是伊格瑪爾首屈一指的冰之魔術師。」

仔細一看，他的右手指尖呈現紅腫發黑的狀態。本以為守住了，不過對於冷空氣的攻擊仍是百密一疏。下一次——如此思考的同時，順勢調整身形——

有什麼不對勁。

自稱蕾法的少女瞪大了雙眼，兩道纖眉微微抽動。

「你……突然這樣子……是想怎樣？」

「……啥？」

阿格尼斯不禁皺起眉頭，蕾法則用冰冷的語調繼續說道：

「突然攻擊相親對象是怎樣？埃斯基亞的男人都是笨蛋嗎？還是假裝要結盟，實際是想趁機消滅我們？這就是埃斯基亞的詭計嗎？」

「不、不是，妳在說什麼！不要惡人先告狀，是妳想殺了我吧？這是伊格瑪爾的陰謀吧！」

語畢，少女一臉驚怒。

「你才別惡人告狀！是你突然噴火過來的吧？所以我才稍微反擊了一下！」

「這才不是『稍微』反擊的程度，也不只是一下！本來就是妳想先凍住我吧？要是我束手待斃，可就真的已經死了！」

「啊？你是想找碴嗎？」

「沒找碴，我說的才是事實！對吧？」

阿格尼斯將視線轉向女主教，只見她一臉困惑地點了點頭。

「確實……一開始是先覺得有點冷……」

「…………嗯？」

蕾法一臉吃驚地瞪向女主教。

然後臉色一沉，將目光回到阿格尼斯身上，再連頭一塊撇開了。

「……呵呵，所以呢？稍微涼快點不是很好嗎？南方長大的人真的是啊！」

「雖然是『涼到叫人差點窒息』的極寒！」

「真是的，在那囉嗦個沒完！就算是因為我的魔力造成的，我也不是故意的啊！只是對魔力的掌控……有些失誤罷了！」

「伊格瑪爾首屈一指的魔術師……竟然會魔力控制失誤？這真是一個好藉口！」

「不懂別亂說，好嗎？所謂的魔法啊，是與施術者的精神狀態息息相關的。牽一髮則動全身，要是內心有所動搖的話，也會不慎疏於控制，所以才……」

「……動搖？」

阿格尼斯忍不住打斷了她。少女如寒冰般蒼白的面容上，瞬間亮起了紅燈。

「不、不是！我說錯了！才不是這樣！身為堂堂『冰結姬』的我，不過是相親而已，怎麼可能因此內心動搖！」

她的語氣似乎變調了，阿格尼斯嚥了嚥口水。

・・・

不過是相親？

對於初次相親，我可是緊張得要命啊——這女人，莫非是身經百戰的相親大師？

「……真、真巧啊！相親對我來說，也是家常便飯啊！」

「咦？」

逞強後，少女只那麼一剎那間，露出了驚訝神情，立刻又恢復原先的態度。

「嗯、嗯……那個，就是指相親對我來說，根本就像吃飯一樣簡單。」

「那我就是像喝水一樣簡單。」

「那我就像是從一出生，就會相親一樣！」

兩人不知為何開始冒汗，音量也逐漸加大。

「你們兩個人，到底在吵些什麼呀？」

作為媒人的女主教訝異地問了聲，隨即呵呵笑了起來。

「聽說你們兩人在戰場上，都是所向披靡的強者，現在應該是因為相親而緊張吧。呵呵……」

「啥!?」

「妳說什麼!?」

「不、不好意思！你們兩人的眼神都很恐怖啊！」

害怕著兩人的女主教。

阿格尼斯做了個深呼吸，好令自己先冷靜下來。

「總之……妳果然是故意攻擊我的吧？」

「就說不是這樣了！因為我是『最強』的魔術師，即使默默站著不動，也會散發出強大的魔力。」

雖然蕾法只是表明「自己不是故意的」，但阿格尼斯卻對「某個詞」反應激烈。

「……等等，妳剛才說了『最強』吧？抱歉，『最強』是我喔。」

「怪了，你耳朵是不是有問題？『最強』是我，不需要兩位。」

蕾法瞬間瞇起了眼睛。方才慌張的模樣，就像裝出來似的，在那湛藍色的瞳眸中，可以看出她堅定的強大意志。

「……那，想試試看嗎？」

「……呵，真有趣。」

緩和下來的氣氛，忽然又緊繃了起來。

「請、請等一下！這是相親吧？很明顯朝著奇怪的方向發展了啊！」

女主教的警告，被兩人高漲的霸氣所淹沒。激烈碰撞的兩股能量，產生出磅礴的巨大氣流。

房裡的照明剎時凍結，掛毯開始熊熊燃燒。屋內充斥著翻來覆去的冷熱氣流，即連牆上的壁畫都被捲起吹飛。

「等等！喂！那個，請你們兩個人都先冷靜下來……」

女主教一邊死命地按住長袍下襬，一邊尖著嗓子叫道。

環繞房間的花窗玻璃，因承受不了壓力而破碎。

「玻璃都破了啦！等等！你們在胡鬧些什麼！大主教送的高級花窗都破光了啊！我沒聽說會這樣啊！」

阿格尼斯和蕾法兩人，對女主教埋怨的目光視而不見，依然以銳利的眼神瞪視對方。

緊接著，暴風般的鬥氣，終於掃斷了房間中央的支柱。像大樹般粗厚的柱子，朝三人倒了下來。

——啊，完蛋了！

女主教不由自主地閉上眼的瞬間，風呼嘯而過，巨大支柱像根枯枝般，被吹飛到了牆上。

站在地毯上的女主教，呆呆地看著紋絲不動，就將重量級大柱子給吹飛的兩人。

「怎……怎麼回事啊？這兩個人！真是的，討厭！我受夠了！一下冷又一下熱，玻璃窗又都碎光光，柱子也倒了……這一點也不像是相親啊！」

女主教如孩童般的嚎啕聲，使得兩位「最強」終於回過神來。

「……咦？喂，都是妳害主教哭的！」

「什麼？別只會怪人啊！難道就沒有你的事嗎？」

對於互相推卸責任的二人，女主教額上冒著青筋，淚眼汪汪地攥緊拳頭，向著虛無的空中大聲喊叫道：

「真是的！你們究竟是有什麼問題啊！相親可不是比試身手的場合！這可是兩國交好的重要活動！延期、延期！」

一邊是使用紅蓮劍技的「最強」劍士「獄炎帝」。

一邊是使用白銀魔法的「最強」魔女「冰結姬」。

兩位「最強」所引發的，賭上國家威信的相親，以這種方式拉開了帷幕。

第1章 兩位「最強」

科貝納大陸。

這個擁有世界上最大陸地面積的大陸，以七大國為中心，各式大小規模的國家交界在一起。

國多則異多，就會存在各種複雜關係。

特別是七大核心國中，被稱為東方雙雄的兩大國──埃斯基亞共和國和伊格瑪爾王國，兩國之間的不合傳聞格外出名。

一邊是面向溫暖富饒的亞葛海，有著吃苦耐勞的民族性。

一邊是被林森鬱鬱的險峻山脈所環繞，有著文靜多疑的民族性。

北方的伊格瑪爾和南方的埃斯基亞，是兩個領陸接壤的國家，即便比鄰而居，卻是相互厭惡。久而久之厭惡昇華成仇恨，戰事也隨之頻傳。歷經數十年血跡斑斑的無盡征伐，史稱為「東國戰爭」。

但如今因為某些狀況，雙方秘密協議停戰。

吉爾甘迪亞帝國。

僅僅五年，突然在西方大陸建立起來的軍事政權，以迅雷之姿略地侵城，擴張了統治版圖。那股瞬間改寫大陸國力平衡的氣勢與其強大，時至今日依然危險。

對於他們，各國高層皆戒慎恐懼。

東方雙雄，埃斯基亞共和國和伊格瑪爾王國亦不例外。雖說和大陸最西端的帝國有些距離，但也無法漠不關心。在世界各地都有信徒，信仰精靈的宗教——神聖教會的仲介下，雙方秘密書信往來許久。於是乎，為了對抗吉爾甘迪亞帝國，策畫出這一樁同盟協議。

結盟歸結盟，兩國長久以來積累的仇恨，卻讓雙方疑神疑鬼。

對方假裝同盟來個窩裡反，該怎麼辦？趁虛而入，趁其不備又如何？

各種陰謀詭計的揣測、猜忌層出不窮。

兩國各自擁有強大的軍事力量，其中懸而未決的，便是號稱能一騎當千的「最強」。要是不小心讓「最強」潛入國家中樞，那可就得不償失了。

經過長期交涉，始終無法縮短兩國的距離。

因此，要不要讓兩國的「最強」和親，這樣的提案應運而生。

如此一來，也能起到互相監督、相互牽制的效果。

另外，作為同盟的象徵也是最合適的吧。

結果，這項提案就這麼決定了。兩國同盟的條件，便是埃斯基亞共和國的「最強」——「獄炎帝」和伊格瑪爾王國的「最強」——「冰結姬」結為夫妻。

兩軍也收到了暫時休戰的通知。

期限是一年。能給予仇視的敵國，進行同盟交涉的時間就只有一年。

只要在期限前兩人能成婚，就算達成條件。否則──視同協議破裂。

＊＊＊

位於大陸東北部的伊格瑪爾王國。

在這個被崇山峻嶺所圍繞、樹繁林茂的國家，王都以南有一片廣袤的湖泊。在湖畔邊，建有一座設有露天陽台的大宅邸，四周的林蔭，彷彿環抱著它向外擴散。

春天的森林，應該是鳥兒歌唱、溶雪奏音的時節，洋溢著生命的氣息。但──

自宅邸向外望去，卻是一片凜冬世界。

蒼松霧淞，汪湖披霜。世界籠罩在彷彿時光靜置的幽寧中。湖泊遠處的彼岸上，羅列著數十座冰雕，鴉青色的天空所降下的落雪，在上面蒙了一層厚厚的灰。

身在屋內的少女，茫然地望著窗外這副景象。

窗檯內是浴室，盛滿熱水的浴池蒸騰著白色霧氣。

少女如絹般的桃色長髮，自水面披散開來，姣好的胴體在池子底下若隱若現。穠纖合度的雙足，若無其事地在池上蕩漾；上半身豐腴的兩團柔脂，形成一道深溝。池水的熱氣，薰沐著如陶瓷般嬌貴的瑩白肌膚，使少女增添了無法言喻的艷麗。

在美豔到不可方物的面龐上，有著一雙窺不見底的蒼藍眼眸。

她是伊格瑪爾「最強」的魔術師——「冰結姬」蕾法．艾爾朵麗塔。

冰之魔女輕嘆了聲，只見她慢慢從浴池站起，並用浴巾包裹住身子。

「您果然在這裡，蕾法大人。」

浴室的門開了，一位戴著細框眼鏡、穿著女侍從圍裙裝的女子看向她。

「……有什麼事嗎？蘿賽琳。」

擦拭潔白肌膚上滑落的水珠時，蕾法將脖子微微轉向她。

「不需要問我有什麼事，我的工作就是在您身邊服侍您。雖然是在宅邸內，但還是希望您能讓我知道——大人您的所在位置。」

被稱為蘿賽琳的女人，淡淡地對蕾法如此說道。

帶著白色的女侍從頭飾，在肩上搖曳著的銀色頭髮，以及淡綠色的瞳眸。她也有著如洋娃娃般的嬌美面容，但毫無表情的臉上，讓人很難讀懂她的任何情緒。

「不會有什麼問題啦！我已經不是小孩了。」

「恕難從命。因為您是正統的『伊格瑪爾王國第五王位繼承人』。」

「正統的……嗎？」

蘿賽琳對著嘆了口氣、正準備拉起袍袖的蕾法説道：

「蕾法大人。光是今天一天，您就已經沐浴第五次了。」

「我知道。這又不會怎樣，我喜歡洗澡呀！」

「雖然使用的是冰之魔法，但我知道您並不耐寒。」

「囉、囉嗦！蘿賽琳，妳到底想説什麼？」

「不敢，但蕾法大人您洗越多次澡，就表示心情越糟。」

「……」

蘿賽琳將視線從沉默的蕾法身上，轉向了窗外如白銀般的樹海與湖面。

「果真如此。心情一差就把春天的森林變成冬天的景致，魔力依舊叫人恐懼。那些低格調的雕像，也是出自蕾法大人之手吧？」

遠方的湖畔上，排列著數座冰雕像。

雕像都有一定的高度，且長著數十根手足，軀幹上還鑲著類似眼珠的東西，背上生著一張血盆大口，每座雕像都有各異的古怪。

「我只是履行我的職責。」

蕾法如此回答，一雙細長的眼睛瞄向了窗外。

魔力是精靈給予人類的恩惠，而危害人類的精靈，則被稱之為魔獸。即使是最弱的魔獸，也需要數十個人來應付。兇惡殘暴的摩獸，甚至被認為足以毀滅國家。

對岸湖畔的冰雕，全部都是氣絕並被冰封的魔獸。

大陸上，有幾處魔獸特別多，而被稱為瘴域的危險地帶，伊格瑪爾王國的南方邊境——這座湖的前方，便是其中一處喚作「伊索姆尼亞魔境」的荒蕪大平原。因此，時而會有凶暴的魔獸出沒。

女侍從蘿賽琳，望著窗外灰白的天空說道：

「為了消滅魔獸，卻冰封了整片風景也太過頭了吧。您心情果然很糟呀，是因為幾天前的相親嗎？」

「啪！」地一聲，浴池裡傳出了東西硬化的聲音。

「對方是埃斯基亞共和國首屈一指的劍士——『獄炎帝』。應該說不愧於他的名號呀，即連行動也超出了我們的想像。」

聽了蘿賽琳的一番話，浴池內的熱水劈啪、劈啪地結成了冰。

「超出……」

濕淋淋的「冰結姬」握緊了拳頭。

「簡直超出太多了！竟然想殺了相親對象！他腦子是不是有問題呀？要不是對象是我的話，早就燒成焦炭了。」

語尾的口氣有些變調，蕾法的魔力也隨之加劇。外部空氣一掠而過，浴池內的水瞬間結凍。窗外的湖面出現一道道裂痕，發出「啪嚓！」的一聲。

這類超出人類理解範圍的現象，在蘿賽琳看來並不覺得有何特別，只淡淡說道：

「對方似乎說……是蕾法大人先釋放冷空氣的。」

「那、那不過是流出的魔力……比較多一點罷了！這分明就是來找我碴的嘛！」

「好了，請先冷靜。」

「要我怎麼冷靜！啊啊！真是超欠揍的！能用冰把那男的腦袋……給好好冰鎮一下嗎！」

「不可以，您忘記任務了嗎？」

「……」

蘿賽琳銳利的話語，令蕾法閉上了嘴。

「蕾法大人，您知道的吧？這次和親……可不僅僅是兩國同盟的開端。」

女侍從推了推鏡框，慢慢靠近蕾法。

「在此過程中，您還必須魅惑對方，使其對您百依百順。應該有告知過您，這才是相親背後真正的目的。要是埃斯基亞『最強』的『獄炎帝』投向我方的話，伊格瑪爾對上埃斯基亞時，我們就能擁有絕對的優勢。」

「獄炎帝」和「冰結姬」的和親，是埃斯基亞與伊格瑪爾同盟的條件，也就是所謂的政治聯姻。如果僅僅是這樣的話，就不用說別的，直接讓他們結婚不就好了，但兩國卻可能各懷鬼胎。

要是就這麼糊里糊塗結婚了，本國的最高戰力被對方吸收了怎麼辦？被任意唆使又該怎麼辦？

反過來說，只要抓住對方的最高戰力，己方就能站在最有利的位置。鋌而走險選擇相親，也算是一塊試金石。

「……我知道。」

蕾法嫣然一笑，並巧聲說道。

「無須多言。妳以為我是誰？我可是『最強』的魔術師『冰結姬』。」

「正如您所言。只不過，我認為『最強』的魔術師，並不等於戀愛也同樣在行。」

蕾法狠狠地瞪了女侍從一眼，用手撥了撥秀髮。

「在窮盡魔法奧義的我看來，人類的戀愛等同兒戲。色誘男人這等事，何難之有。我只要微微一笑，鳥兒會歌唱、花兒會綻放，只要是男人，都會在一瞬間就被我俘虜。」

「這番發言，真可靠呢。」

蘿賽琳微微頷首，將手伸進懷中。

「我只是有點擔心，這是蕾法大人房裡的書架後面……被慎重藏起來的東西……」

取出的是一本書。

標題寫著《聖騎士與被囚公主的戀愛情事》，封面是腰間插著寶劍的男人，抱著公主的插畫，畫中的兩人還陶醉地相互凝視。

蕾法「啊！」地叫了一聲，雙頰瞬間飛紅。

「妳、妳、妳看了？」

「打掃時偶然發現的。我在拜讀時，想說這是不是戀愛小說。果不其然，是騎士拯救被壞人軟禁的公主的老套故事。」

「是、是小時候的東西啦！原來掉在那裡啊，好懷念啊！」

「說是小時候……但封面看起來很新耶。順道一提，還有很多其它的書，像是《花開的妳，我們的初戀～》、《撲通、撲通♡勇者愛上我》、《二人的愛能否跨越大海？》等等……約百來本。每一本都是寫給少女看的……甜滋滋、膩歪歪會叫人深陷……」

「哇啊、哇啊啊啊啊啊！」

蕾法猛地跪倒在地，用大聲叫嚷蓋掉了蘿賽琳的話語。

「不是！不是這樣的！不是的……」

看著喃喃自語、音量漸漸怯弱的蕾法，蘿賽琳將手指扶在額頭上。

「果真如此……絕對零度的『最強』魔術師，竟然有如此極具少女情懷的興趣，王宮中若是知曉……想必會亂成一團吧。我不打算對蕾法大人的愛好說三道四，但難不成……您是期待這次相親……會是場甜蜜的浪漫邂逅嗎？」

「說、說什麼傻話！」

「那就好。蕾法大人，再告知您一遍，這只是政治上的和親。您需要用盡一切手段，讓那個埃斯基亞的男人，拜倒在您的石榴裙下，讓他成為戀愛中的奴隸。徹底讓他像隻狗狗一樣，對您唯命是從。甜膩膩的戀愛故事，可是連狗狗都不會愛的。這場相親……只有謀略與算計。」

「總感覺……妳有點恐怖啊，蘿賽琳。」

「我再確認一遍。您對埃斯基亞的男人，沒有特別的期待與情愫吧？」

「……」

緩緩起身的蕾法，將有著長長睫毛的眼睛，望向位於伊索姆尼亞魔境遙遠彼方的埃斯基亞共和國。

與該國輕描淡寫就是長達數十年的「東國戰爭」。

什麼時候開始的？是誰先開始的？都已經模糊了。

起初，可能只是微不足道的事情。也許只是互相投擲的一小塊石頭。那塊石頭可能只是碰巧落點不好，砸中了某個人。親人被殺的人，將石頭轉變成刀劍；朋友被殺的人，將石頭轉變成弓矢，仇恨的鎖鏈越演越烈、越鑄越長，漸漸步上看不見盡頭的平行線。

埃斯基亞共和國的「獄炎帝」橫空出世。無論多麼堅實的陣型，也能單槍匹馬於數千敵軍中，直取上將而令敵降服。是僅靠一人……就足以顛覆戰況的男人。聽說遇到他的人，都會被其壓倒性的實力給震懾住，從此再也無法回歸戰場。

我還以為總有一天，自己會和他在戰場上相遇。但做夢也沒想到，初次見面卻是相親會場。

可是——

蕾法將手交疊在自己豐滿的胸脯下，咬牙切齒地說：

「期待什麼的……才不可能會有那種想法呢！我不可能會對那種男人……相親才剛開始，我不過就眼巴巴地看了他一眼，竟然拔劍砍過來！」

「眼……巴巴？」

始終面無表情、語氣平淡的女侍從，忽然提高了音調。

「蕾法大人，您剛才說了眼巴巴嗎？」

「什麼？我說了嗎？」

「您能再做一遍嗎？」

「為何？」

「拜託您，這可能非常重要。」

「……到底是為什麼？」

蕾法雖然嘴上不悅，但在蘿賽琳的懇求下，還是演示了一遍「眼巴巴」的目光。

「如何？」

「……果然……」

蘿賽琳扶住額頭，深深地吁了口氣。

「蕾法大人，雖然有些難以啟齒，但蕾法大人那不是『眼巴巴』而是帶有『敵意』

的目光。在不同地區，這是一種可能形成鬥爭的行為。」

「妳說什麼？」

「收下巴，由下往上看，更是大大加深了壓迫性。對方可能會感覺被驚人的氣勢給瞪視著。我想『獄炎帝』的攻擊，只是針對像是發出『殺了你』宣言的殺氣，所作出的反應。」

「說什麼傻話，妳在取笑我嗎？」

「不敢，我是說──」

「妳再說下去啊，蘿賽琳！」

「……請當小的是胡說八道。那麼，我在外面等您。」

蘿賽琳深深一鞠躬，語畢便即轉身離開。

下一秒，她已經「啊……」地一聲跌坐在地。

「妳怎麼了嗎？」

「十分抱歉，我拐到腳了。告辭……」

蘿賽琳站起身拍了拍圍裙，便匆匆離開浴室。

「完全搞不懂……那女孩在說些什麼……」

蕾法看著女侍從消失在門後，便聳了聳肩。

隨即注意到地板上遺落的東西。

是枚小鏡子。大概是蘿賽琳跌倒時落下的吧。蕾法走近拾起，鏡面上倒映出「冰結姬」的臉。多麼蒼白，猶如罩上一層寒霜。

「……」

蕾法默默盯著鏡子瞧了一會兒，緩緩揚起嘴角。

斂起下巴，含情脈脈地向上一望。

試著對鏡中的自己，使出渾身解數的「眼巴巴」目光。看吧，這才叫可愛……

「——咿啊啊啊啊啊！」

瞬間，蕾法的肩頭因驚嚇而抖了一下，反射性地扔下鏡子。

恐怖。就是普遍說來的那種恐怖。嚇出冷汗的冰公主，帶著難以置信的神情，擦拭著額頭。

「我還以為和惡魔對上眼了呢……」

——沒錯。

童年時光都在戰場上度過的「獄炎帝」是這樣。

自小就在狹隘的環境中成長，並因其罕有的魔法天賦，而不斷追求力量上的卓越，作為王族一員的「冰結姬」，同樣完全不擅長戀愛。

剛才蕾法的一言一行，被浴室門縫外的那人給盡收眼底。

「不好，這下麻煩了……在下次相親前，我們得抓緊時間補救才行。」

女侍從嘆了口氣，快步走向宅邸的書房。

＊＊＊

「唔啊啊啊啊啊！」

埃斯基亞共和國和伊格瑪爾王國交界處的伊索姆尼亞魔境。在這個無人來訪的荒蕪瘴域中，響起了淒厲的咆哮。一隻像是漆黑巨熊般的矮胖魔獸，被紅蓮之火所籠罩。

因為擁有一掌就能擊殺一頭牛的強大臂力，而令人聞風喪膽的魔獸種，即使渾身浴火，依舊怒嚎著衝向眼前的騎馬男子。強大的生命力以及無盡的敵意，才是魔獸之所以稱為魔獸的原因。

但騎馬男子卻好整以暇地揮舞長劍。

「太慢啦！」

自劍尖產生的灼熱火焰，形成一道強烈的衝擊波，伴隨著轟鳴聲襲向魔物，牠的身體被烤成了兩半。魔物臨終前的詛咒，令大地也為之震撼。飛濺的黑色血液，在高熱的作用下瞬間汽化，消失於大氣中。

「好，下一隻！」

即使是十位強壯的戰士合力，也無法輕鬆處理的巨大魔獸，那男人不僅輕而易舉地消滅，還將目標轉向下一隻魔獸。

掛在眉梢上的髮絲隨風飄曳，銳利的赤色瞳仁，正仔細地探察左右。乍看之下感覺身材很纖細，但那是因為將多餘的贅肉全部剷除，繼而淬鍊出如鋼鐵般堅實的肉體，他看起來就像隻野獸。

男人名喚阿格尼斯．萊斯特。是埃斯基亞「最強」的劍士「獄炎帝」。

一個應該沒有絲毫空隙的男人，卻忽然被誰從後面拍了一下腦袋。

「喂！妳搞什麼啊！」

回頭一望，在阿格尼斯眼前的是一位少女。

「您是不是有什麼毛病呀？那不是耍帥的場合吧！真不敢相信！竟然用劍砍向相親對象，您腦袋裡到底都裝些什麼？」

那位與阿格尼斯同乘在馬背上，背部緊密接觸的女孩鼓起了雙頰。

只見她嬌小的身形，有頭紮了條馬尾辮的烏黑長髮。精緻的臉蛋上，生有一雙略微上揚的淺紅色瞳仁，感覺是個長得像貓的驕縱女孩。她一手環著阿格尼斯的腰，一手拍打著他的背。

「喂！別這樣，梅！會害我分心。現在可是討伐魔獸的途中耶。」

「哼，您乾脆摔下馬算了！」

「妳還在生氣呀？」

「當然氣啊！幸好對方沒受傷。要是有所差池，交好的場所就變成宣戰的地方啦！」

「我有什麼辦法！對方一開始就氣勢逼人地瞪過來，還釋放出冷氣。我的身體就反射性動手了嘛！」

「別找藉口！相親不是比試！您懂不懂啊，哥？」

「……我、我很抱歉……」

能令「最強」的男人，如此低聲下氣的少女，正是阿格尼斯小兩歲的妹妹——梅・萊斯特。

「呀——！」

「咕——！」

「嘰——！」

縱使有妹妹的干擾，阿格尼斯仍不間斷揮舞著手中的愛劍澤姆斯。每一次斬擊，叢林深處就會響起魔獸臨死前的哀號。

從祖先那傳承下來的魔具，所召喚出來的魔劍，曾被施加特殊封印，其隱藏的力量仍處於禁錮狀態。因此，阿格尼斯揮舞著的只是一把普通長劍，但仍足以解決敵人。

「團長還是那麼厲害呀！」

「一邊和妹妹閒聊，一邊還能消滅魔獸，我已經不知道該說什麼了。」

「我們還得組隊才能應付。『最強』之名，果然不是白叫的。」

有數十名男子，在與阿格尼斯有段距離的地方，他們布好陣型對付著襲來的小型魔物。

他們是阿格尼斯負責指揮的軍隊士兵，打扮破舊不堪，裝備也都傷痕累累。這意味著他們並非正規軍，而是由雇傭兵和農民兵，所組成的雜魚軍團。

出生於誕生出許多國家元首的名門，萊斯特家族的阿格尼斯，本來應該是率領正規軍，由於一些原因，他只能擔任帶領雜兵軍團的團長。

一名新進士兵對資深士兵說道：

「說起來，感覺從我加入這支軍隊以來……就一直在消滅魔獸……」

「這不是很好嗎！其他軍隊不也是一直在打仗，驅除魔獸也是很重要的工作。」

資深士兵一邊準確地揮舞長劍，一邊回答新兵。

裝備雖然破舊，不過被最強的男人鍛鍊過，團員們的本事還是很值得肯定。

「不過，突然宣布跟伊格瑪爾停戰，戰事就暫時擱置了。」

「話說回來，為什麼忽然決定停止對伊格瑪爾的戰爭呢？」

「誰知道。好像只是暫時的，我也不懂上面的想法。」

包括這次相親在內等同盟相關協議，是只有高層和部分相關人員知道的祕密。

這也是為了不讓周邊國家，得知兩國結盟的動向。同時——也是為了在協議破裂時，能迅速恢復戰爭狀態。

兩國之間的鴻溝，是如此之暗且深。

「我無法接受停戰！我最好的朋友在戰爭中……被伊格瑪爾人炸得四分五裂！」

「我表弟也是！我絕對不會原諒伊格瑪爾的混蛋！」

當其他兵士說出仇恨言論時，一旁的老兵釋然地表示：

「說是這麼說，不過我們的部隊很特殊，不論敵我都不會有太多傷亡。」

「敵人也沒死？這是怎麼一回事？」

「說起來，新來的人都還沒見過……團長在戰場上的模樣吧。那人強得無可救藥，光是打斷一、兩隻手腳，就能讓對方心態徹底崩潰。」

「……心態？」

「是啊，展現出壓倒性的力量，使人自認絕對打不贏這個對手。畢竟就算把人殺了，也只會產生新的仇恨。這麼一來，頂多讓恐懼滋長，而不是徒增仇恨，可說頗有成效。只是上面的人似乎不太滿意，不過戰果擺在那，也沒法抱怨什麼。」

資深士兵滄桑的面容上，展露出燦爛的笑容。

「嘛～簡單說來，就是太天真啦！對團長來說，消滅魔獸比砍人還要輕鬆得多吧。但這也是團長招大家喜歡的原因。」

「是～」

新進士兵露出感嘆的表情後，忽然皺起眉頭。

「話說又回來，團長為什麼總是和妹妹在一起呢？這裡是有大量魔獸出沒的危險地帶吧？」

「那是因為……團長是妹控！」

「妹控？」

「對，他經常把妹妹留在身邊。是重度的妹控。」

「重度妹控？」

「你們！討伐魔獸的途中別閒聊！」

騎在馬上向他們叫喚的，是一位有著小麥色肌膚、象牙色短髮的女子。身段姣好、身材緊緻、手持長矛。

她名喚露西亞娜。

被阿格尼斯精準的目光所選中，作為美麗的女戰士脫穎而出，成為軍團副團長。

「團長只是很替妹妹著想而已。不、不只是妹妹，團長對大家都很溫柔。」

露西亞娜說著說著，她琉璃色的眼珠，熱切地飄向了前方阿格尼斯的背上。

「美中不足的是……他對伊格瑪爾的士兵也很溫柔，我不會忘記他把我從貧民窟救出來的恩情，我會成為團長的左右手。」

騎著馬的露西亞娜揮舞著長茅，跳入一群小型魔獸中。

一道破空聲，被準確的槍法所貫穿的魔物，瞬間就灰飛煙滅。

士兵們熱烈地吹著口哨叫好。

「不愧是露西亞娜大姐！但是，只當上團長的左右手就夠了嗎？要是有幸的話，乾脆發展成更親密的關係好了。」

「傻、傻瓜！別調侃上司！比起這別鬆懈了，還有魔獸在呢！」

「臉紅啦！大姐真可愛～」

「好，消滅魔獸也順便把你們消滅掉！一、兩個人不見，應該也不會被發現吧？」

「開、開玩笑的啦！快看，有魔獸！大夥上呀！」

慌慌張張向前跑的士兵們的前方，是不停被妹妹說教的哥哥。

「嘿，哥！您知道這次相親的目的吧？藉著相親讓對方死心塌地愛上自己。拉爾夫大哥說過，要是能拉攏伊格瑪爾的『冰結姬』的話，埃斯基亞的安泰和天下，基本就篤定了。」

「啊啊，沒錯。」

阿格尼斯想起了擔任國軍指揮官的兄長的話。

「對吧？這不是單純的相親啊！可不是平安結婚，然後同盟萬歲這麼簡單。誰能先讓對方國家的最強戰力，打從心底愛上自己。可以說，就等同決定了兩國今後的力量關係，這是一場以相親為名的戰爭！」

「戰爭嗎……」

宣布停戰的一個月前，和伊格瑪爾的戰事十分膠著。

只要阿格尼斯擊潰敵方的軍隊，別的地方就會被「冰結姬」破壞重要據點。可以毫不誇張地說，戰況已經被兩位「最強」所左右。因此只要解決那位天才魔術師，這場戰事就能告終了。想不到，為了對付她每天鍛鍊臂力，但竟然是在相親會場上相遇，而不是戰場。

——伊格瑪爾「最強」的魔術師——蕾法．艾爾朵麗塔。

『冰結姬』這位絕對零度的恐怖魔女，沒想到竟然是位絕世美女。任何人都無法接近的清冷與孤傲，如同淡雪般絕世而獨立的少女。

這次的任務……是讓她在戀愛中對自己死心場地，而非戰鬥。

梅不安地皺著眉。

「啊啊，放心不了啊。哥哥戰鬥的本事是『最強』，但戀愛卻是『最弱』的。」

「說、說啥蠢話！我做什麼都是『最強』的！」

「嗯～真的？」

「說實話，在已經領悟劍道極意的我看來，戀愛這種小兒科般的事，根本就不溫不火到令人想打哈欠啊。」

「那麼，對待女性的方法！」

坐在馬背後的妹妹，從懷中掏出一本書，向阿格尼斯展示書脊。

標題寫著——《絕對成功！實用到不行的戀愛技巧！》

「……那個，現在就要看？話說這是什麼書？我現在還要對付魔獸耶。魔獸只要有一隻大的，就足以毀滅一整座村莊。」

「一早正要去上班的您，不小心在轉角處，撞倒了一位女孩。」

「完全沒概念。」

「不過您也很著急，這樣下去要遲到了。好了，您該怎麼辦？」

——該怎麼辦？

阿格尼斯皺起了眉頭。無論如何，根本沒有在上班路上的轉角處，撞到女性的經驗。話說回來，如果是我的話，應該能在撞到之前就閃開吧。

「好了！哥，您會怎麼做呢？五、四、三、二——」

「等、等等，我還在想！」

我在趕時間，對方跌倒在地。也就是說——是有目的性想妨礙我。

阿格尼斯瞥眼看向妹妹。

「……砍了？」

「思考過後卻是這種答案？不要這樣小心翼翼地說啊，而且還是這麼可怕的內容！正確答案是，即使很著急也要紳士地伸出援手，詢問她有沒有受傷。什麼戀愛這種小兒科般的事，根本就不溫不火到想打哈欠的程度，我都要為您感到悲哀了！」

「太天真了，梅。沒搞懂的是妳。」

「是、是這樣嗎？那又有什麼不能幫呢？」

「聽好了，妳想啊……要是妳隨便就伸手，妳的手臂可能會被咬掉。」

「您是把女性當魔獸了嗎？」

「等一下，我有股不好的預感。抓緊我，梅！」

「啊，嗯！」

就在梅抱緊阿格尼斯時，傳來士兵們的呼喚：

「阿格尼斯團長，發現大量的梅爾維斯巢穴！」

平原稍遠的地面上，有著無數個窟窿。好幾隻和一般成人體型差不多大小的白蛇，從中探出頭來，還露出銳利尖牙。

冰蛇梅爾維斯。會使用冰息凍住獵物的魔物。特別是中央洞穴裡冒出的巨蛇，誇張如大樹般的龐大身軀，整個軍隊都被牠的影子所壟罩。

「是巨型種！」

魔獸的威脅性，一般是根據體型大小來劃分等級的。從一到十來區分。

光是等級二，就叫一般人難以應付了。超過五的話，更是足以毀滅一整座村莊。一般大小的梅爾維斯是落在等級三左右，但鮮少有如中央洞穴那頭，可稱之為牠們頭目的龐然大物。

估計等級至少有七。本來是得靠一個國家的軍事力，才有辦法對抗的程度。

「沒問題吧，哥？」

「啊啊，有隻營養過剩的傢伙呢！梅爾維斯會一邊增加數量，一邊遷移巢穴。不過在牠們抵達人類的村落前，就要被我根除了。」

阿格尼斯回答坐在背後的梅時，巨型種從牙縫間迸出震耳欲聾的威嚇聲。

「露西亞娜！雜魚群交給妳！」

「了解，大夥上！」

副團長一聲號令，士兵們紛紛奮勇向前。在露西亞娜高超的槍法和隊員們的通力合作下，梅爾維斯一隻隻被消滅了。見此情況，牠們的老大也開始晃動著身軀，擺出攻擊的態勢。

「……好快！」

下一秒，巨型種已緊臨露西亞娜身旁。頭目級梅爾維斯帶著兇殘的視線，張開一整排的銳利尖牙。

「副團長——！」

兵士們吶喊出聲的同時，爆炸烈焰從側邊襲向巨蛇腦袋。

「獄炎帝」的一擊。

「你的對手是我！」

第二擊。閃爍著鈍光的紅黑劍刃，劈出的斬擊捲起了沙塵。

業火、獄炎。沙塵暴成了熊熊燃燒的火龍捲，不斷炙燒著大蛇厚重的軀體。一聲震耳欲聾的咆嘯，巨蛇猛地墜地。

「拜託你了，古拉德斯。」

阿格尼斯指示愛馬將妹妹帶離，自己則衝向巨型種。

敵人的核心位在喉嚨附近，但周圍被厚重的鱗甲所包覆，遠距離攻擊難以突破。巨型種雙目滿是怒火，不停甩動尾巴試圖殺死阿格尼斯，同時口中也吐出陣陣冰息。

平原就像發生了場大地震般，劇烈地上下晃動，冰塊如同隕石般傾瀉而下。但是阿格尼斯藉著自身過人的洞察力和反應，避開了全部的攻擊，直竄到了敵人懷中。

「啊啊啊啊啊啊啊！」

近距離的下斬擊。

爆裂聲響起，一擊命中敵方咽喉──頭目的脖子被斬斷了！

「哇！一招就解決等級七的魔物！」

「想不到吧！真不愧是『最強』啊！」

「團長！還沒完！」

在兵士們的喝采聲中，露西亞娜大喊。

只餘下頭的冰蛇梅爾維斯王，牠落下的腦袋還張著大嘴，並從喉嚨深處泛出蒼白的光芒。暴風吹息，無數冰槍向阿格尼斯飛洩而至。

「不溫不火。」

瞬間旋身躲開的阿格尼斯右手一轉，一把刃身爆燃著烈焰的劍，以壓倒性的速度衝破了梅爾維斯喉嚨深處的核心，劍上所包覆的熱能，瞬間就融化了冰槍。

衝擊所引起的波動，呈同心圓向外擴散，大氣中的轟鳴聲層層遞進、四散開來。

良久，巨形種如塵埃落定般，化作一縷煙塵消散於空氣中。士兵們勝利的吶喊聲中，從阿格尼斯的愛馬古拉德斯上下來的梅，飛奔向兄長的懷抱。

「哥！幸好您沒事！我都快嚇死了！」

「不用擔心！妳當我是誰啊！」

「可是，好像受了點傷……？」

阿格尼斯看向自己的右手。指尖像是被凍傷般微微泛紅。

「最後一擊時……稍微擦到了。這種程度的冷氣跟那傢伙比起來，根本是小巫見大巫。」

「那傢伙……？」

一時呆滯的梅……忽然以一副十分曖昧的眼神，向哥哥看了過去。

「……喔，是這樣啊！很在意呢……對『冰結姬』！」

「啥？怎麼可能！」

「可是，那傢伙不是指『冰結姬』嗎？」

「不、是……雖然是——」

「果然很在意吧。而且還是位超級大美女吧？」

「等等，別誤會！妳知道……她在相親時一直瞪我嗎？」

梅晃著馬尾，躡手躡腳地走近。

「哥啊，您知道的吧？是要讓對方愛上您，而不是反而愛上對方喔。是要操弄女人的心，徹底控制她。讓她成為把身、心、靈都奉獻給哥哥的奴隸！」

「聽起來……感覺有點可怕啊，梅……我知道啦，不論相親還是戰鬥，我都會堵上『最強』之名，我會取得勝利的！」

「感覺像在壯膽似的，反讓人覺得極度不安……」

「相親？團長要相親嗎？」

不知何時駕馬過來的露西亞娜，瞪大了眼睛問道。

「哎呀……」

梅慌慌張張地摀住嘴巴。

兩國相親一事，是非相關人員都不允告知的——

「梅，露西亞娜沒問題啦。她嘴巴很牢，可以信任。」

「雖、雖然如此，但我不是那意思……」

不知為何，露西亞娜顫抖著嗓音，向看起來很為難的梅問道：

「相、相親……是以結婚為前提的……那種嗎……？」

「露西亞娜小姐……那個，是有更深一層的原因……」

「梅，但說無妨。就是那種相親，露西亞娜。」

「哇！」

露西亞娜從馬上滑了下來，接著便跪倒在地。

「怎、怎麼了露西亞娜？哪裡不舒服嗎？」

「不、不是這樣啦！哥！」

「就、就順便請問一下，是和誰……？」

露西亞娜喘不過氣似地問道。

「是伊格瑪爾王國的『冰結姬』，這其中有很多原因。」

「伊格瑪爾？敵國的伊格瑪爾？竟然還是那位『冰結姬』……」

「哥哥！您先安靜一下！」

不知何故，阿格尼斯被梅狠踹了一腳。

露西亞娜緊抿嘴唇，都抿出血了，她顫抖著拳頭說道：

「如、如果是團長的決定的話……我會全力支、支持的！」

芭妲．露西亞娜倒下了。

「露西亞娜——！妳怎麼了！」

「真的是啊……您果然一點都不了解女人心！因為您的戀愛等級是『最弱』的！」

抱著頭的梅的哀嚎聲，響徹了大平原。

一邊是深居在王宮中，沉迷於鑽研魔法的「最強」魔術師。

一邊是活躍在戰場上，致力於修練武術的「最強」劍士。

作為其力量的代價，青春期男女在戀愛上的攻防策略，兩人可謂一竅不通。

也就是說，兩位戰場「最強」，同時也是「最弱」的戀愛呆子。

最強的戀愛菜鳥，賭上國家命運的相親。

令人提心吊膽的第二次會面，即將在數天後舉行。

第2章 第二次相親陣線

遙遠的記憶。

在夜晚寂靜的平原上，有一道赤腳奔跑的影子。

灰色頭髮隨風飄散，肩部起伏不定，正在逃離某種東西。

在薄薄的月色中，影子蹣跚前進。

實在太累了。

雖然口乾舌燥，卻沒有多餘的精力去尋找水源。

面頰上滿是泥汙，碎石雜草毫不留情地刮傷肌膚。

不知道該去向何方，只管在黑暗中前行。

浮雲遮蔽了月，夜色越加厚重。

那時，灌木叢深處緩緩出現的巨大陰影。

小小影子停下了。疲勞達到極限，膝蓋拒絕支撐。

倦極地席地而坐。

已經夠了。

我是這麼想的。

真的夠了。

恐懼已然麻木，徒留絕望蔓延。

可是——就在那時，命運指明了路標。

＊＊＊

第二次相親的地點，和前次一樣是在神聖教會——馬拉多利亞分部的教堂。

大陸有三個不屬於任何國家的地區，其一是被稱為瘴域的魔獸集散地；其二是大陸的商人們聯合管轄的商業都市及貿易路線；其三是掌管宗教信仰的神聖教會的宗教自治區。

神聖教會的總堂，位於大陸中央的靈山米列涅亞，且在各地皆有分部，所處的地區也被各國協議列為非戰區。雖然，埃斯基亞共和國與伊格瑪爾王國相鄰面積極大，但其中夾著的瘴域伊索姆尼亞魔境，以及神聖教會馬拉多利亞分部，皆是一片空白地帶。

在相親會場，一道莊嚴的聲音響起：

「——那麼，現在開始！進行第二次相親儀式。」

「獄炎帝」和「冰結姬」隔著一張桌子相對而坐。兩人之間還站著一位身穿白袍的年輕女主教，格局大致和上次相同。

不過，有兩處不同。

一是女主教的表情和之前截然不同，笑容異常僵硬，是種勉強抬起嘴角的形狀，甚至給人一種提心吊膽的感覺。

「——那麼，現在開始！進行第二次相親儀式。」

「主教，這句話您說了兩次。」

「真可憐……想必是太過操勞了吧。」

可能是上回相親與會者突然進入戰鬥模式，繼而引起意外的緣故，這次還有兩位祭司站在主教後方。兩人留著相似的西瓜頭髮型，髮色分別是白色和黑色，看上去十分討喜。

第二個不同是相親地點。

「先前使用的大廳，所有的彩繪玻璃都裂成碎片了，那些都是大主教所贈予且歷史悠久的逸品。多虧了你們兩位，我連續三天三夜被人不斷挖苦……呵呵……呵呵呵……呵呵呵呵……」

「主教，您離題了。」

「請務必注意。」

年輕的祭司趕忙安撫主教。

這次選定的場所，是信徒們向精靈祈禱的禮拜堂。

裡面有一段特別高的地方設有祭壇，上面擺放著類似水晶的球狀體，那是精靈魔力固化結成的精石，是作為信仰的象徵。

祭壇的另一側有扇大窗戶，向外望去能看到教堂外的藍天綠林。

「呵呵，天氣真好。雖然感覺會發生好事，但想到上次也是這樣的好天氣，看來已經變成不祥的徵兆了。為什麼我年紀輕輕就得當主教呢？明明是教會內的菁英，卻被強加這樣的角色，是本部那群臭老頭忌妒我青出於藍，所使的陰謀嗎？呵呵，呵呵呵……」

「主教請自重。」

「說出真心話了。」

「……沒事的。我是經過嚴格訓練的人，這樣就氣餒的話，可無顏面對精靈大人。那麼，現在開始！進行第二次相親儀式。」

一副完全沒注意到，這已經是第三次宣言的女主教莊重地說道。

「埃斯基亞共和國的阿格尼斯·萊斯特。伊格瑪爾王國的蕾法·艾爾朵麗塔。這次請千萬要『和睦相處』。」

女主教先是看向桌前相對而坐的兩位男女，接著就轉而看向兩旁的牆面。

相親會場相鄰的兩間房間內，都有相關人員隨時待命。從小窗戶就能見到兩位兩國的外交官——梅的大眼睛，以及蘿賽琳端正的臉龐。

「請各國的相關人員也多多關照。」

女主教清了清喉嚨，高聲宣布第四次宣言。

「那麼，現在開始！進行第二次相親儀式！」

表面上是同盟的友好象徵，但表面下雙方各懷鬼胎，此次相親關係著兩國命運。以防止情報洩漏為基準，是少數人參予的秘密會議，伴隨著嗆辣的緊張感，終於揭開了帷幕。

——開始了嗎……

阿格尼斯吁了口氣。

這是聯誼不是戰場，把劍化成語言；將盾變成態度，開打吧！

像前往戰場時那樣，先好好安撫了內心後，阿格尼斯清楚地正視眼前的「最強」魔術師。

果然，真的……很美啊！

他從未在戰場上動搖過，但此刻心跳卻震顫不已。

——很在意她……「冰結姬」。

突然想起梅說過的話，有種疑似焦慮的思緒一掠而過。不單單是美貌，還有某種奇妙的要素吸引著自己。一個不穩，就會忘記此次相親事關國家命脈的事實。

——冷靜下來，我得掌握先機。

阿格尼斯緩緩調整呼吸，別去想多餘的事。這場戀愛勝負，一定要贏。打從此次相親開始之前，梅就要他專心聽取她的戀愛講座。

——總之，先為上次的事道歉吧？要好好認錯，讓她知道您是個勇於認錯的人，那麼之後的發展會容易許多。

確實，雖然是因對方的魔力和殺氣，所作出的反應。但立刻拔劍就砍的自己，也不能說毫無過失，就讓她看看大人的器量，低頭認錯吧。

「那個……之前……很不好意思。」

阿格尼斯邊說邊低下頭。

接著，誠心誠意地彎下腰來，頭猛地叩在桌上。

啪嚓！

破裂聲響起，受到了「最強」劍士的頭槌，桌子應聲而裂。精美的瓷器落在地上，全都碎成了碎片。

「啊！」

「啊。」

梅抱著頭；蘿賽琳輕呼了一聲。

「真是的，討厭！又是這樣！突然用頭撞破桌子，這已經不是相親了！這張桌子可是從大主教那得來的珍貴骨董啊！又要被人碎嘴了！」

「主教，請先冷靜下來！」

「相親才剛開始！」

祭司們總算安撫住暴走的主教了。

──不妙，太用力了！

阿格尼斯驚慌失措地抬起頭，看向前方。蕾法呆若木雞，白皙的臉龐顯得更加蒼白。

「這……這都什麼啊！」

手指上聚集著冷氣──但很快又散了開來。

「等等，先別激動。」

冰公主像是自言自語般咕噥道，像是想起了什麼，望向了天花板。

「──蕾法大人，我們得先談一談明天的相親。」

昨晚，蕾法正在陽台上看書時，身後突如其來的聲音，令她急忙將書本闔上，她的面頰也跟著抽了一下。

「……蘿賽琳……我不是說過，不要悄無聲息地接近我嗎？對心臟不好呀！」

「非常抱歉，以前的工作讓我習慣隱藏氣息了。」

蘿賽琳恭敬地低下頭時，蕾法將書翻向背面，接著用雙臂包覆起來，就像要藏起來似的。

「我有言在先，這不是戀愛小說，是用於研究魔法的專業工具書。是為了更接近世界的真理。」

「我深明這一點。蕾法大人不僅是天才魔術師，其上進心也非同小可，因為您甚至能破譯一些無人能解的古代魔法書。」

蘿賽琳低首單膝下跪。

「……那妳要和我談什麼？」

「是，我想請問一下蕾法大人，您打算用何種策略魅惑對方。既然有興致讀書，應該是已想好萬全的對策了吧？」

「當、當然啦！妳以為我是為了逃避現實，才埋頭看書的嗎？我早就想好一套無懈可擊的作戰方案了。」

「真不愧是您呀。」

面對殷勤的蘿賽琳，蕾法露出得意的神情。

「首先，不要眼巴巴地看。」

「十分明智的判斷。」

「這可不是因為妳提醒我才這樣的。那是因為我睫狀肌累了，以此為基礎的成功關鍵是笑容。」

蕾法不自然地揚起嘴角，微微一笑。

「……微笑？」

「嗯嗯，坊間有句崇高的格言說道：『女人要嬌柔。』妳可能不知道就是了。」

「我知……啊，是的。我不知道，不愧是蕾法大人。」

「呵呵，我就說吧。女人要嬌柔，要說怎麼回事……嗯，總之有這樣的格言就是了。但是太露骨的諂媚也太無趣了。就微笑，就這微微的一笑，對男人會有致命的吸引力。」

蕾法再次得意地笑。由於勉強揚起嘴角，顫抖的臉頰和不自然抬起的唇，看上去就像在輕浮地挑釁。

蘿賽琳鞠躬的角度銳減了。

「原來如此……請問還有其它的對策嗎？」

「其它？」

「難道……就這樣嗎？您是想用那令人不寒而慄的笑容，去應約關係著國家命運的相親嗎？」

「不寒而慄……太過分了吧……？這樣不行嗎？」

蕾法忽然不安地瞪大了眼睛。

蘿賽琳嘆了口氣，並直起身子。

「幸好我有事先確認。沒想到您……是如此徹底的戀愛呆子……」

「咦？」

「沒什麼。雖然要掌控戀愛戰線需要各種技巧，但對蕾法大人來說，首重就是不能讓對方知道您是超級戀愛呆子，這一點可是至關重要。因為暴露的瞬間，就會屈居劣勢。」

「那個，妳說超級什麼？」

「什麼也沒有。總之，比起倚仗小伎倆，在任何情況都要保持冷靜，展現出『從容』是很重要的，之後我會適當地掩護您。」

「『從容』嗎……可能就是這樣吧……」

一語驚醒夢中人，蕾法繃緊了臉思索著。

「不、不用妳說，我也知道！妳以為我是誰啊！」

「小的在您面前班門弄斧了。那麼，晚安。」

蘿賽琳無聲無息地關上了陽台的門。蕾法急忙翻開抱在懷中的書。

標題是──《絕對成功！實用到不行的戀愛技巧〈女性篇〉》

這是宅邸內書庫，最近新館藏的一本書，蕾法很慶幸自己有帶回房間。

翻開目錄。

【初級篇之一】女人要嬌柔。用妳的「微笑」解決一切！

「光這樣不行嗎？上面明明寫說解決一切的……」

蕾法的眉毛不安地垂下，同時將目光移向後面的章節。

【中級編之四】拼命的女人沒人愛。成為被人追求的『從容』女性吧！

「得保持『從容』……是指這個吧？蘿賽琳竟然能輕輕鬆鬆……就說出中級篇的技巧。」

蕾法望向女侍從離去的門扉，小小聲地嘟噥著。

這是在戰場上奔走時，無法想像的靜夜。

當時，為了對抗「獄炎帝」的傳聞，得令對方制肘，單人匹馬便摧毀對方據點，以壓倒性的力量擊潰敵方戰意。不知不覺就被稱之為「冰結姬」，連戀愛也無暇思考。但是，身為一個女孩子，還是很嚮往能跟普通人一樣。

而抗衡「最強」劍士的場所，忽然從戰場轉變為相親會場。

彼此都背負著國家興衰，必須用「戀愛」而不是「武力」，讓對方屈服。

但是——

就算能窺探魔法奧秘，卻也窺探不了對方的心。

蕾法盯著教學書，不禁嘆了口氣。

「戀愛啊……好難喔……」

——……不好，呆住了。

相親伊始，對方就撞裂桌子，驀地回過神來的蕾法，想起了教學書的內容。

【中級篇之四】拼命的女人沒人愛。成為被人追求的『從容』女性吧！

——沒錯，「從容」！要「從容」才行！不能因此而衝動行事。

「那、那個，剛才是……」

蕾法以溫柔的女性姿態，制止了想要說下去的阿格尼斯。

「沒事的，打裂桌子是相親中常有的事。」

「有這種事？」

女主教啞然出聲，但專注的蕾法充耳不聞。

——話說回來，他到底想怎樣？

上次直接砍過來，這次是用頭槌撞破桌子。老實說，我完全搞不明白。根本看不懂他的行徑，是有什麼可怕的企圖嗎？

這麼想時，蕾法的雙眼睜大了。

——等等，這不會是……！

腦內浮現出昨晚苦讀的戀愛指南，其中不正有這條守則嗎！

刻意製造驚心動魄的場面，使對方小鹿亂撞。這樣一來，會讓對方誤認為是因為戀愛而悸動。

確實，其名為——「吊橋效應」。

目錄是這麼寫的吧。

【高級篇之六】這其實是戀愛的心跳加速？利用「吊橋效應」一下子縮短距離吧！

「高級……篇……！」

蕾法嘶啞著擠出聲，凝視著眼前男子。

如今，我終於完全瞭解了。斬擊和頭槌都是為了將這種驚訝之情，轉換成戀愛之心。

的確，對於對方出乎意料的行為，我的心跳正不斷加速著。

從一開始就端出高級篇技巧，他不單單是個普通男人。

「哈、哇、嗚啊……」

蕾法的右手微微顫抖。

這麼一想，對方異樣的沉穩，也讓人覺得他身經百戰。

一切皆是深謀遠慮，為了長遠的布局。

這男的——絕對是戀愛強者。

蕾法瞬間沒了血色。

輕而易舉就使出高級戀愛技巧的男人。這份絕望感令人眩暈。

說起來……蕾法連和同齡的異性都沒好好交談過。

——糟、糟糕了，這樣下去豈不是換我要淪陷了。這可不行！

蕾法再次回思戀愛指南的方針。

【初級編之二】女人要嬌柔。用妳的「微笑」解決一切！

解決一切！

對了，寫了解決一切！

──就是這個！

蕾法勉力揚起嘴角，露出微笑。對，用微笑。

臉頰顫抖，嘴角不時抽動。

對於笑得極不自然的冰結姬，阿格尼斯的內心有所戒備。

──她到底想做什麼？

上次才以強烈的殺氣瞪人，現在又挑釁地看過來。完全搞不懂她在想什麼，根本看不穿她的行為。還是說，她有什麼可怕的企圖？

這麼想的阿格尼斯，睜大了雙眼。

──等等，這個是……！

阿格尼斯的腦海中，閃現出梅給的那本戀愛指南書上的守則。其中不就有這條守則嗎！讓對方提心吊膽，使人誤以為這是戀愛的心情。

確實是──

【高級篇之六】這其實是戀愛的心跳加速？利用「吊橋效應」一下子縮短距離吧！

「是高手……？」

阿格尼斯背上冒出冷汗。

這是慘絕人寰的惡魔詭計。上回的冷氣攻擊，這次的不自然笑容，都是為了把激動之情，轉換成愛慕之心。

高級戀愛技巧信手拈來的女人。這麼想來，儘管發生了用頭撞破桌面這種狀況，那女的也異常冷靜，更恰恰說明了這一點。

老江湖！戀愛強者！對方對這一切根本瞭如指掌。

這女的——完全是戀愛強者。

「啊、啊！」

確認過脈搏，的確變強了。

——不好……這……可能不太妙！

阿格尼斯從眼前的女人那，感受到一道前所未有的高牆。

雙方同時咬牙切齒。年輕的祭司搬來另一張桌子時，兩人卻一動不動地相互凝視著對方。

氣氛緊繃。

不能移開視線。

是的，只要一不留神就會被逮到機會。

「那個，差不多該……說些話了吧？」

女主教怯弱地催促，但兩人紋絲不動。

無法。

即使想動也動不得。

先行動就完了，會被這場戀愛的絕對捕食者，一口氣給生吞活剝、吃個精光。

簡直是……叫人喘不過氣來的攻防戰。

房內劍拔弩張，隔著小窗戶見過此番情狀的一名女子緩緩起身。

「看來，輪到我出馬了。」

隔壁伊格瑪爾的休息室內，蘿賽琳喃喃道。

只見她瞇起眼鏡後的眼睛，影子漸漸扭曲。旋即影子形狀開始飄忽不定，攀上了休息室的窗口。

這是運用特殊力量，控制漂浮在空氣中的魔法分子的魔法。侍奉蕾法的蘿賽琳是能操縱影子的優秀魔術師。倏地伸長的影子穿過窗口，悄悄地侵入隔壁房間，和坐在椅子上的蕾法影子交疊在一起。

——蕾法大人、蕾法大人。

能直接和影子重疊的對象對話的魔法——「影口」。

——蘿賽琳！好險，妳總算來了！

發現隨從魔法的蕾法並未感到驚訝，反倒露出安心的表情。

——蕾法大人，戰況似乎頗為膠著。

——是呀，動彈不得。這男的……一定是位強得恐怖的戀愛高手。

——我並不這麼認為……。

——妳說什麼？

——沒事。嘛，無論如何……這樣下去可沒完沒了。先開口聊天吧。

蕾法警戒地觀察眼前男子。

——但是到底該聊些什麼？這男的毫無破綻。

——請別擔心太多，蕾法大人您不需要硬聊。

——此話何解？妳話別只說一半。

——只要簡單起個頭就行，之後對方會自己主動跟妳聊起來。

對於蘿賽琳的說法，蕾法驚訝地挑起細眉。

——會那麼順利嗎？

——嗯嗯，重要的是隨聲附和而已。受歡迎的人有個共同要點，那就是「善於傾聽」。善於傾聽。

【中級篇之三】「善於傾聽」目標，這樣就能獨佔和他對話的權利。

蕾法一邊想著戀愛指南書確實有這項條目，一邊點了點頭。

——蕾法大人，男人都喜歡自吹自擂。只要適時地說聲「好厲害」，對方就會毫無顧忌地說出自己的英勇事蹟。一不留神，就成為蕾法大人的俘虜了。

——原、原來如此……。我懂了，不愧是我的軍師。

——您過獎了。

——好，要、要上了喔！

蕾法深吸了口氣，看向眼前的埃斯基亞男人。

然後，為了緩和緊張的氣氛，她從容地說出這樣一番話：

「喂，你對世界的真理有何想法？」

——這個白癡公主，快住口！

——咦？妳剛是不是罵我了？蘿賽琳。

——沒事，我怎麼敢呢！是您的錯覺。這話題有些太深奧了，或許能換個更普遍、更簡單的題材。

——那個……是、是類似怎樣的？

——是這樣的。根據我的調查，這男人有在率軍討伐魔獸。所以，這又表示什麼呢？

蕾法點點頭應了一聲，繼續面對阿格尼斯。

「不好意思，請忘了我剛說的話。對了，我聽說閣下為了守衛國家，經常在狩獵魔獸。有什麼艱苦對抗魔獸的經歷，能說給我聽聽嗎？」

「……艱苦對抗的魔獸？」

阿格尼斯消除了點戒心，把手放在了下巴上。

「嗯……雙頭龍吧——我曾被一種稱之為沃拉米斯的魔物給燒傷了手。魔獸等級有九，是這十幾年來，已知的危險程度最高的魔物。」

「喔……」

蕾法採納蘿賽琳的諫言，隨聲附和。

「那是一頭兇惡無比的魔物，也被稱為帶來死亡的黑翼。現在想想，能戰勝牠也是我運氣好，除了那兩顆龍頭會不停輸出不同屬性，而且又強得一蹋糊塗的攻擊之外，即使擊倒其中一顆頭也會迅速復活。」

「哇～」

「經過一番苦戰後，我終於意識到，先只打倒一顆頭是不行的。要打倒這隻魔獸，就必須同時擊倒兩顆腦袋。」

「好厲害！」

蕾法模仿蘿賽琳的語調，微笑著說道。

男人就愛說自己的英勇事蹟。至此，淪陷也僅僅是時間早晚的問題。

——這場勝負是我贏啦！

另一方面，埃斯基亞休息室的窗口前，臉色鐵青的梅看著這一切。

——糟糕了！

「不行呀，哥！您著了對方的道了！」

說得那麼小聲，應該是誰也聽不到的。

就在那剎那——

「嗚咕啊啊啊啊啊！」

「怎、怎麼了？」

阿格尼斯忽然咬到舌頭。

蕾法上半身不禁一退，阿格尼斯淡淡一笑，言簡意賅地說：

「對我來說，沒有艱苦對抗的魔獸，因為我是『最強』的劍士。」

沒錯，這個男的有超乎常人的聽力。深諳這一點的梅，以彷若蚊蠅的音量給出了建議。

蕾法瞠目結舌地看著嘴角滲出鮮血，還露出無畏笑容的埃斯基亞男人。

——蘿、蘿賽琳，這到底是怎麼一回事？

——我不清楚。但是，看來我們的策略被發現了。

——妳說什麼，他果真是個戀愛高手嗎……？

蕾法的額上忽然冒出了冷汗。

隔壁的梅以手遮口，小聲地喝了聲采。

「剛才真是危險耶！哥，做得好啊！竟然來『善於傾聽』這招，看來敵人也不容小覷啊。」

背對著梅的阿格尼斯，回想起戀愛指南書的中級篇，確實有這條守則。內心對於使出數種高端技巧的對手，而感到戰慄。

——該……該怎麼辦？

感受到阿格尼斯的焦躁的梅，平心靜氣地回答道：

「沒事的，我們才不會輸咧！您注意看著對方眼睛，使用同一招『善於傾聽』來反擊。因為啊，女人再怎麼說，絕對比男人更愛七嘴八舌！」

阿格尼斯聽了後，點點頭。

「懂嗎？男人想要稱讚；女人需要同情。所以啦，你只要適時地點點頭，說句辛苦了，她就會覺得這個男人很懂我，接著就愛上你啦！」

——原、原來如此……。妳這丫頭，真是個可靠的妹妹啊！

阿格尼斯抹去嘴角的血，決定聽取梅的建議說道：

「不好意思，打斷一下。話說回來，妳今天來這裡會不會很辛苦呢？」

「啊，咦咦？」

蕾法瞪大雙目，想找出對方破綻，卻反被趁虛而入。

「是呢……。嘛，說辛苦是辛苦。我的國家幾乎都是森林和山脈，尤其是森林裡，有很多馬車無法通行的地段。」

「嗯。」

「話雖如此，山路容易發生坍方，這樣馬車又無法通行了。」

「真是太辛苦了。」

阿格尼斯按照梅所言，對此表示同情。

「是吧。而且還有個大麻煩，我家就在大湖的北邊……」

蘿賽琳對滔滔不絕的蕾法，發出警告——

——不可以！蕾法大人，別中了敵人的圈套！

「一想到要繞過那座湖過來……嗯啊啊啊啊啊！」

猛地起身的蕾法，將雙拳高舉向天。

洶湧的冰柱俐落地衝破天花板，零散的木板翩然落下。

「一點都不辛苦喔！只要把湖凍住後，從中間直接穿過去就行了。因為我是『最強』魔術師啊！」

放完話，蕾法便即坐回位置上。

——蕾法大人，十分正確的判斷。

——險些中計，差點就說出來了……

這場勝負，真是一刻也不能鬆懈。

蕾法偷偷拭去額上汗水。

「真的是，請找個人取代我，我是認真的……」

「主教請不要氣餒。」

「破洞我們會修好的。」

年輕祭司正設法安撫，看著坑坑洞洞的天花板哀號的女主教。

在那之後，相親又回到了雙方僵持不下的情況。

即使兩人都有向智囊團求救，但在這種狀況之下，也無法適時擊出安打。

雙方都缺乏攻擊手段，時間就這樣汩汩流逝。就在這時候──

「我替兩位換壺新茶。」

一位祭司端著放了茶壺和茶杯的托盤，走了過來。

──就是這個！蕾法大人！

率先出擊的是蘿賽琳。

──找個合適的理由，拿起對方喝的杯子！

──杯子……？拿那要做什麼？

──當然是用那盞杯子喝茶呀！這就是所謂間接接吻，蕾法大人。

──間接……接吻？

重複該詞彙，蕾法試圖從中找出頭緒。

【上級篇之三】間接接吻是真正接吻前的第一步，讓對方怦然心動吧。

「咦、咦咦咦咦？」

蕾法的雙頰轉眼間，便紅潮氾濫。

——妳、妳在說什麼呀！怎麼能做出這種寡廉鮮恥的行為！

——說什麼話，您又不是小孩子了，不過就是間接接吻而已。

——咦？

——請忘記剛才的話，只是幻聽而已。您沒有必要喝同一個位置，光是美女的雙唇沾上自己喝過的杯子，這項舉動就足以讓人臉紅心跳了。轉瞬間，對方就會成為蕾法大人的戀愛奴隸。

——沒、沒錯，只是這樣的話……我會想想辦法……

「請。」

祭司將茶倒進兩只茶杯中，阿格尼斯拿起了其中一只。只喝了一口便即停下，接著就把杯子放回桌面。

——機會來了！

蕾法的右手筆直地伸向獵物——阿格尼斯喝過的茶杯。

「糟了！」

梅終於意識到對方的企圖，向阿格尼斯發出警告。

「哥，被盯上了喔！是間接接吻！」

「啊、啊啊啊啊啊！」

在蕾法的指尖觸碰到杯子前，阿格尼斯渾身像彈起來般，一把先搶走了杯子。

然後，用力扔向旁邊。以超高速飛行的茶杯，一邊旋轉，一邊朝祭壇的方向直線前進，撞上了安放其上的結晶石，結晶石伴隨著青白色的閃光，彈飛了出去。

「呀啊啊啊！神體的結晶石！」

「主教啊啊啊——！」

「請小心——！」

兩位祭司死命支撐著兩眼翻白、快要倒下的女主教。

「做得好，哥！」

阿格尼斯背後的梅笑道。

「抱歉，手滑了。」

防間接接吻於未然。

阿格尼斯正為了即將到手的勝利，而志得意滿地看著「冰結姬」。然而，她卻平靜如昔。

「哎呀、哎呀……亂扔杯子，真是太沒禮貌了。」

蕾法一派從容地起身，信步走到神體被破壞的祭壇前。

接著，拾起某樣東西——

「絲毫無損的……杯子？」

杯子沒破。

就在蕾法的手中，本以為已經砸個粉碎的茶杯，依然保持著原先完好的形狀。

「怎麼會……？」

面對瞠目結舌的阿格尼斯，蕾法無畏地微笑著。

「撞上結晶石的瞬間，我就用最高硬度的冰魔法覆於其上，連同杯裡的茶水。接著只要等冰融化，杯子就又會恢復原本的模樣。」

「我寧願妳能保護神體啊！」

在女主教慘烈的悲啼聲中，阿格尼斯的赤色雙目睜大到了極限。

——這……女人！

「哎呀，『你杯子』裡的茶，變得有些涼了耶。為表歉意，我會替你喝光的。」

蕾法一副確信勝利舉手可得的樣子，將杯子送往唇上。

「等等！」

阿格尼斯驀地開口，蕾法也停下了手。

「……怎麼？」

「別喝那杯茶。」

「我渴了，為什麼不能喝？」

「因為茶很難喝。」

「咦——……」

負責泡茶的祭司，明顯地皺起了眉頭。

「真心難喝，我不忍心讓妳喝！」

「你在擔心我的身體嗎？不過，不需要你擔心。我現在就要喝！」

「那我只好搶了。」

「什麼？」

「我會在妳的嘴碰到杯子前，就將之搶過來，妳覺得我辦不到嗎？」

「……你那麼不想讓我喝這杯茶？」

「沒錯，那真的很難喝。」

「咦咦……」

阿格尼斯沒有理會因為意外被攻擊，而快哭出來的祭司。他站起身，將右手掌打直呈手刀狀。

——不會吧，他那麼替我著想……。

——別誤會了，蕾法大人。

「……喔，那就算了。」

蕾法倒轉杯口，讓裡面的茶水全都灑到了地板上。

「……！」

阿格尼斯不禁愕然地倒吸了口氣。

「如何？現在茶沒了，你也沒理由阻止我……把嘴放到杯子上了吧。」

「唔……」

春風得意的蕾法，以及咬牙切齒的阿格尼斯。

「…………」

既然茶都沒了，應該也沒有理由把唇貼在杯子上，但此刻卻處於無人可以介入的狀況。

「好了，是我贏了！請盡情享用間接接吻，然後心動不已吧！接著，你就會成為我的俘虜！」

——蕾法大人，說出來可就賠了夫人又折兵啊。

但是，正得意洋洋的蕾法，卻沒聽到女侍從的告誡。

「好了，要喝了。你喝過的茶杯，現在要被我喝了！」

「唔！」

死心的阿格尼斯閉上了眼，蕾法的手部動作卻也停擺了。

「冰結姬」目不轉睛地盯著，將要用雙唇觸碰的杯緣。

一動不動。想稍微動一下，卻又停了下來。

——蕾法大人……難不成……

蘿賽琳的不安成真了。

這次的間接接吻，原先預計應該是要喝「對方沒碰到」的位置。然而，經歷一番混戰後，現在根本就搞不清楚阿格尼斯喝的是哪裡。如果弄個不好，就會演變成真正的間接接吻。

這簡直就是——戀愛的俄羅斯輪盤。

蕾法如淡雪的面頰上，飄著一抹紅霞。

「呼！」

「咕！」

「呼！」

「咕！」

蕾法欲言又止、欲喝不喝，只要聽聞阿格尼斯的呼吸聲，就會反覆發生。

「……」

置身事外的其他人，只能面無表情地看著她。

然而，蕾法終究還是將茶杯放回了桌面。

——不行！我做不到！埃斯基亞「最強」這道高壘，竟然如此之高……。

——……。

——怎麼了嗎？說點什麼吧，蘿賽琳？

——沒事……忽然覺得怎樣都無所謂了。

——咦？

——嗯？您以為我會這麼說嗎？放心吧，蕾法大人。勝負尚有轉圜餘地，只要能注意到「那個」，就仍有獲勝的可能。

——喔、嗯，「那個」啊……

雖然蕾法和蘿賽琳在秘密交談，但身處埃斯基亞休息室的梅也正搗著嘴巴，悄聲知會阿格尼斯。

「哥，雖然有很多話想說，但就結果看來算一切順利。不過，可不能太過鬆懈。是時候該決定勝負了，得用『那個』了！」

——「那個」嗎……

阿格尼斯感受到手心裡的濕潤。

——真的能成功嗎？

不——是必須這麼做！必須證明自己才是「最強」！

不論是戰鬥，還是相親……都要勝過這個女人！

阿格尼斯閉上的雙眼緩緩睜開，一副胸有成竹的樣子。

「話說回來，主教。這座教堂還真是富麗堂皇呢！」

「啥？」

倏忽而至的話題，令女主教發出了怪聲，但立即清了清嗓子說道：

「啊、嗯、嗯嗯，是吧。地板和牆面都很古色古香，非常漂亮吧！修道士們的血淚和汗水，所浸潤出來的信仰證明。你也能理解吧。」

女主教心愛地撫摸著紅磚砌成的牆壁。

阿格尼斯坐在椅子上，以同樣的方式觸摸牆面，然後驚呼一聲：

「嗯？」

他直盯著牆上一點。

「有什麼嗎？」

「……怎麼了嗎？」

女主教和坐在位置上的蕾法，好奇地看向阿格尼斯。

「這難道是……」

蕾法走近阿格尼斯身旁，他仍喃喃自語說道。

「喂，這裡有什麼嗎？」

「啊啊，就是這裡……」

蕾法全神貫注地，盯著阿格尼斯所指的地方。

但是，即使眼睛都快要貼到牆壁上了，依然看不出個所以然。

「什麼都沒看到啊……？」

回頭的瞬間——蕾法驚訝地瞪大了她的藍眼睛。

在那裡的是，展露出得意笑容的阿格尼斯，以及他舉起的右手。

——中招了……！

昨晚就寢前的事，就如跑馬燈般——映現在蕾法的腦海中。

換上睡衣，正準備上床時，察覺到有人就站在房門前。

「蘿賽琳？」

昏暗的房間中，女侍從默默佇立著。

「怎麼了嗎？」

「……」

蘿賽琳沒有回話，只是一步步走近。

「等、等等？」

奇異的壓迫感，使蕾法自然而然向後退。

一步、二步、三步。直到背部撞上了冰冷堅硬的——牆壁。

「蘿賽琳？」

蘿賽琳繼續前進，站到了蕾法面前。

接著，舉起右手「咚！」地一聲，拍向蕾法臉旁。

「這是、是、是……怎樣？」

女侍從將手貼在牆上，猛地將臉湊近。

彼此的雙唇就要碰在一起的距離，甜美的吐息掠過鼻尖。

「嗚哇……！」

蕾法緊閉雙目。咻地一聲，拉開距離的女侍從微笑說道：

「十分抱歉驚擾了您，蕾法大人。我是想讓您親身體驗一次。」

「體……體、體驗什麼？」

好不容易睜開眼的蕾法，希望蘿賽琳能好好解釋。

「這就是如今戀愛中的究極奧義之一——『壁咚』。」

「壁……咚？」

「是的，如果做得好，女方會瞬間暈船。但是使用者僅限於帥哥，其他人誤用的話，只會讓人想把他的腦袋抓去撞牆。」

聽聞女侍從的說明，蕾法朦朧的記憶中，想起了戀愛指南書的目錄。

【特別篇之四】壁咚。要是中招就只能乖乖閉上眼睛，束手就擒。之後便任對方擺佈了。

「真是恐怖的招數……」

一想起剛才的實感，便直冒冷汗的蕾法喃喃道。

然而，如今——

背部貼在牆上的蕾法，阻擋其去路的阿格尼斯。

條件都滿足了。

萬事——休矣！

「得手啦——！」

阿格尼斯大喝著伸出右手。

角度、速度、時機，全都堪稱完美。

這招「壁咚」是用梅來練習的。「哥哥，您這樣完全不行啊！」也因此被迫練習了好幾遍，才完全學會。已經熟練到——即連身為親妹妹的梅，中招也會臉紅。至於，中途露西亞娜硬參一腳的後續，就不得而知了。

無論如何都是為了這一天，為了贏得這場戀愛戰爭！

——贏了！

阿格尼斯的手掌，拍到了蕾法的臉旁。

——輸了！

兩位最強男女，確信了勝利和失敗。

但是他們忘了。

全力把手拍在牆壁上的是——「最強」的男人。

而且，會場的牆壁已經很古老了，這表示這面牆的壽命也差不多了。

嘰咿咿咿咿咿！

區區的土壁，根本不堪阿格尼斯渾身解數的一掌。轉瞬間，龜裂紋便成網狀四散開來。須臾，浸潤著無數修道士的血淚和汗水的牆面，化作粉塵一吹而散。

「嗯啊啊啊啊啊——！」

「主教啊啊啊啊啊——！」

祭司們從背後支撐著因驚嚇過度、猝然倒地的女主教。

另一方面，由於阿格尼斯使出了全力，用力過猛而倒向了牆壁後方。

「牆崩塌了嗎……？」

大概是太著急了，不然是不可能沒控制好力道。

內心正懊悔的同時，忽然意識到自己……可能陷入更不得了的情況。阿格尼斯倒在地上，下面還躺著一位女子。

「嗚……嗯……」

柔軟的彈力，回彈起阿格尼斯的身軀。

近在眼前。清麗的花香撲鼻而來。眉睫之內、鼻息之間的是——神明精心鑿就的美貌。

那位有著淺桃色頭髮的絕色少女，正因疼痛而呻吟著。片晌，她緩緩睜開了那湛藍色的美麗瞳眸。

「……」

「……」

兩人相視無語了一會兒。

總算意識到眼前情況的蕾法，雙頰瞬間泛紅。

「……什、什、什、什麼？你、你想做什麼啊？」

「啊！不、不、不是的！」

「用壁咚來推倒人的組合技？到底使用了多少高級篇啊！而、而且！饑渴！還饑渴到想趁機襲擊我！」

——快裝睡，蕾法大人。

似乎聽到了蘿賽琳的聲音，但不太確定。

「饑渴？我才不饑渴呢！我只會對吃的饑渴！」

「吃的？你想吃了我嗎？」

「啊，這真的無解了……」

在聽到蘿賽琳淡然地嘆息時——

「啊啊啊啊啊！」

在場的所有人，都聽到了女主教的叫喊。

「禮、禮拜堂……！」

女主教顫抖地指向禮拜堂。

阿格尼斯強烈的一擊，不僅打碎禮拜堂的牆壁，建築物各處都產生了裂痕。不只限

於禮拜堂而已，甫聞碎裂聲，裂縫就像有生命般，不斷擴散到地板和天花板，傳播至整棟建築。

「快跑、快跑啊——」

某人大喊，於是所有相關人員都逃到了外面。

裂痕以猛烈的氣勢，覆蓋了整棟聖堂——崩塌。

屋頂、牆垣紛紛碎落。

暴風捲起，粉塵飛舞。女主教仰著腦袋，默默看著化為瓦礫的教堂。

「……祭司們，接下來就交給你們了。」

她展露出頓悟般的聖人笑容，原地倒下。

「主教啊啊啊啊啊——！」

「中止——！相親中止——！」

在山丘上，迴盪著祭司們的尖叫聲。

就這樣，第二次相親因會場崩塌被迫中止了。

＊＊＊

埃斯基亞共和國首都——坎巴哈爾。

這個國家——是由大貴族所組成的元老院負責政治樞紐，由其中成員票選出最高主席，對外扮演國家元首的角色。在這些元老院幹部居住的大理石宮殿內的一處房間中，一位留著黑色鬍鬚的中年男子低聲問道：

「我聽說和伊格瑪爾的相親失敗了。這是怎麼回事，拉爾夫？」

在他跟前，站著一位頭垂得低低的男子。

「十分抱歉，大臣。這件事我交給我妹妹梅了，我會再去確認情況。」

「交給你了。得捉住這次相親的機會，要確實地讓伊格瑪爾的最高戰力歸順於我們。要是你辦事不利……」

「屬下明白。」

那男人抬起頭，簡單答道。

蓬鬆的棕色捲髮，加上細長的眼睛，以及端正的白皙面孔。

「……為何你總要阻撓我，被詛咒的弟弟啊。」

甫離開大臣，男人便一邊高呼，一邊快步走在長廊上。

＊＊＊

伊格瑪爾王國的王都——芬里爾。

在這個重視血統的國家，創國者們的後代，迄今依然是王室的一員。這些國王血親們居住在一座反射著耀眼陽光，由藍色磚瓦所打造的城堡中，城內一隅幾位女士正喫著下午茶。

「說起來，聽說她和埃斯基亞的相親又失敗了。」

其中一人欣喜地提出這話題。

「這可不行呀，連一、兩個男人都搞不定。」

一位女士聽聞此訊，優雅地微笑著。

右邊是翡翠；左邊是琥珀，是左右眼顏色各異的異色瞳。高挺的鼻梁下，則是雙嬌豔欲滴的紅唇。女人有著一副叫人動心駭目的美貌。

「哎呀，伊莎貝拉姐姐。因為是那個妹妹，這不是可預見的嗎？」

聽了另一位女士的話，伊莎貝拉喀喀地笑著。

「是呢，野蠻女不太懂得怎麼和人交際吧。」

「哎呀，姐姐大人真是的。」

「喔呵呵。」、「啊哈哈。」、「啊哈哈。」

寬敞的大廳中，滿是刺耳的訕笑聲。

埃斯基亞共和國的邊境，有一處叫作雙層瀑布的地方。

傾瀉而下的流水，長年溶蝕出一口深潭後，又再度滿溢直落而出，遂形成這處巨大且莊嚴的雙層瀑布奇景。

上身赤裸的阿格尼斯，佇立在上層瀑布的潭水中。雖然承受著厚重的水壓，但對於精心鍛鍊出來的體魄來說，根本不足為懼。可是他卻顯露出罕有的苦惱神情。

——我努力過了……

方才在和「冰結姬」的相親中，用力過猛把聖堂弄塌了。負責仲裁的女主教，似乎打算賭氣不理。

相親暫時中止。這樣下去，雙方同盟的願景也將滿是疑雲。距離作為同盟條件的期限尚有十個月。在那之前必須奪得戀愛的主動權，並且完成親事。

源源不絕的激流中，阿格尼斯嘆了口氣。

真困難。和劍道不同，戀愛這種玩意兒，根本無法一招一式地弄個明白。

另一方面，那位伊格瑪爾的少女……她又是如何看待這種情況的呢？

冰雪般美貌的深處，她究竟是怎麼想的呢？

「哥，差不多該出來了吧～」

阿格尼斯在奔湍直下的瀑布轟鳴聲中，確實地聽到了妹妹的叫喚。梅坐在離瀑布潭水稍遠的地面上，搖晃著馬尾辮，露出一臉為難的表情。

「已經泡在瀑布裡半天啦！再怎麼讓瀑布沖刷，也改善不了情況。這根本是單方面想逃避現實。」

「真是討厭的說法。不是在逃避，而是在思考。瀑布最適合思考了。」

「在瀑布急流中思考，根本不合常理。您真的很沒有常識耶！好啦，您到底在思考些什麼？」

「啊……那個啊，梅……」

「嗯？」

「戀愛……究竟是什麼啊？」

妹妹震驚了一下。

「咦？都這時候了，還在問這種事？您都這年紀了耶？我還以為您只是戀愛呆子，不會還處在那階段吧？嗯？」

「不、不是的，不要這樣憐憫地看著我。我知道它做為詞彙的意思。但，仔細思考的話……就感覺弄不明白……」

「嘛……經您這麼一說，我可能也沒考慮太多。嗯——說到底，就是指平常不刻意去想，也會想起那個人。只要想起就會心跳加速，想知道那個人在想些什麼，我想這就是戀愛吧。」

——想知道對方在想什麼？

阿格尼斯不禁嚇了一跳，注意到這一點的梅，揚起了眉毛。

「您會這麼問，是愛上『冰結姬』了嗎？」

「別、別傻了，怎麼可能啊！我只是覺得，要想在戀愛中獲勝，就得更瞭解戀愛。她是敵人，是要俘虜的對象！」

「您知道就好……。嘛，在俘虜還是其它的什麼之前，得先想想相親會場沒了的情況下，到底該怎麼辦。算了，我會想辦法的。」

與年幼的外表相反，實際上梅是位相當了得的才女。雖然現在都待在阿格尼斯身邊，但在首都坎巴哈爾時，在只招募菁英的學校內，她也經常考取最佳成績，作為將來的政界幹部候選人，備受大家期待。

妹妹的視線，忽然轉向阿格尼斯的側腹。那裏有道看了都疼的燒傷痕跡。六芒星形狀的黑色傷疤。

梅只那麼一瞬憂傷地緊抿唇瓣，隨即又恢復為開朗的神情。

「所以，差不多該出來了吧？瀑布蹲哥哥！」

「我反而不想出去了。」

「真拿您沒辦法啊。」

梅嘆了口氣站起身，正當要走近阿格尼斯時，驀地身子一晃差點跌進深潭中。

「呀啊！」

「梅！」

音速衝出瀑布的阿格尼斯，把差點跌進池子裡的妹妹給拉了回來。

「小心點，這裡的水流很急。一個弄不好，可就會被沖到下層瀑布的潭水裡。」

「是～」

被抱住的梅，吐出一小截舌頭。

「……什麼，妳是故意的嗎？」

「嗯～哼，我知道哥一定會來救我的。」

「真的是喔……」

阿格尼斯正要把梅放下時，妹妹卻緊緊地抱了過來。

「我也……絕對會救您的！」

「……我知道啦。」

阿格尼斯輕敲了她的腦袋瓜，梅也沒趣地跳回地上。

「好～那我們趕緊討論對策吧！總之，現在相親會場沒了，中間人也不做了。」

「喔……嘛……您說的是。」

「為何忽然對妹妹用敬語啊？看來，姑且算是有在反省了。但是免煩惱，就算會場沒了，那在別的地方見面不就得了。」

「別的地方？仲介人怎麼辦？」

聽說女主教臥床不起，似乎也由於惡評如潮，繼任者的選擇進展不佳。話雖如此，除了神聖教會外，也沒有其他任何勢力，能充當埃斯基亞和伊格瑪爾之間的仲裁。

「不需要仲介人。」

「可以嗎？需要有中間人，這不是規定好的事項嗎？」

「這麼說也沒錯，您倒是很清楚嘛。這個相親是兩國的正式協議，已經簽訂了為防止意外發生，而需要中立者仲裁的規章。」

「所以說——」

「那只是指以相親形式的狀況，只要用別的理由見面就行啦！」

阿格尼斯看著妹妹的臉。

「原來如此……。如果不是相親，就不算不符規定。以別的形式見面，也就沒有理由責備違約。即是說要發動場外戰吧，真不愧是梅啊！」

「嘿嘿～」

梅害羞地笑了笑後，猛地把臉湊了過來。

「因此呢，又該用什麼藉口……」

正當妹妹話說到一半時，遠處傳來某人的氣息。

「團長，您在這裡嗎？」

一名褐色肌膚的少女，晃盪著熠熠生輝的象牙色短髮。擔任軍團副團長的露西亞娜，踏著輕盈的步伐，來到阿格尼斯身旁。

「露西亞娜，怎麼了嗎？」

「團長，可以的話……我想請個假。我弟弟的生意夥伴受傷了，好像需要人手。」

「啊啊，可以啊。現在停戰中，也沒什麼特別的事要處理。」

「非常感謝您！」

露西亞娜低下頭，補充說道：

「尚有一件目擊魔獸的報告，前天有個漁夫在亞葛海海域，看到了像是弗列格斯特的蹤影。」

「弗列格斯特？那可麻煩了……」

平時是潛伏在深海的惡魔，一旦兇暴化就會出沒在水面附近，把該地生態破壞殆盡，被分類為等級七，是隻惡名昭彰的魔獸。

「團長，該怎麼辦？如果您決定去討伐的話，我會取消休假。」

「不……弗列格斯特的移動速度很快，可謂神出鬼沒。現在過去也是白跑一趟，還沒造成傷亡吧？」

「是的，因為是在海上，所以周遭似乎沒什麼人。」

「知道了，之後我會再蒐集情報。這是個難得的機會，盡情享受假期吧。」

「是。」

露西亞娜高興應道，便輕快地轉身離去。

……是為什麼呢？

第二次相親失敗後，露西亞娜看起來心情極好。不明其究，但阿格尼斯想說也好，從沒看部下這麼高興過。

「那麼……梅，繼續剛才的話題吧……」

阿格尼斯一邊目送露西亞娜的背影，一邊繼續詢問他的妹妹。

「啊啊，對了、對了！該用什麼藉口見面，我剛有想了一下，覺得約會或許不錯喔！」

「約會!?」

阿格尼斯情不自禁地大聲複述，正要離開的露西亞娜一聽，氣勢洶洶地回過頭來。

「團長要去約會？跟誰？」

「露、露西亞娜小姐，那是…因為……」

慌慌張張揮著手的梅，瞪了阿格尼斯一眼。

「哥！您不該這樣大聲嚷嚷！」
「怎、怎麼了……？」
「該不會……是和『冰結姬』吧？」
剛才露西亞娜還異常雀躍的臉，瞬間就垮掉了，上面夾雜著不安和不滿。
梅用安撫的口吻説道：
「露西亞娜小姐，這是為國家辦事，就是……」
「我、我理解！可是……團長偏偏是和敵人伊格瑪爾……」
「喂，露西亞娜。妳仔細聽我説。」
阿格尼斯抬起頭，看向露西亞娜氣鼓鼓的臉。
「伊格瑪爾王國是敵人沒錯。我和妳都曾赴戰場，深知這一點。」
比起彼落的怒號、震撼大地的馬蹄聲。
劍與箭的光輝、魔法的閃光，彈開後散去，悲鳴與血沫在空中飛散。已經盡可能不製造死者，但儘管如此，也無法不製造傷者。
阿格尼斯回憶著痛苦的思緒，向露西亞娜説：
「埃斯基亞有許多人都憎恨著伊格瑪爾。我也討厭看到同伴流血，有時也會憎恨敵人。但是，正因為如此，這次雙方的同盟交涉，若能透過相親來達成的話，或許就不會再流多餘的血了。」

「但、但是我……」

「我們是為什麼而戰？是為了什麼而強大？是為了守護應該守護的人吧！即使如此，只要上了戰場，勢必會受傷也會死人。所以，如果有更好的辦法，我會毫不猶豫地選擇。」

「團長……」

「停戰之後，近來妳也過得很開心吧？我覺得不打仗的日子再多久都無妨，我希望露西亞娜能總是面帶笑容。」

「哇！嗚嗚！」

露西亞娜倏地跪下，褐色的臉頰染成了緋紅色。今天露西亞娜的表情，真是瞬息萬變。只見露西亞娜緊抿著唇，將她紅通通的臉蛋轉向阿格尼斯。

「團長……現、現在這樣……太奸詐了！光憑這句話，我就能多吃三碗飯了！」

「……飯？」

「啊，沒事！不好意思，請讓我冷靜一下！」

語畢，露西亞娜躍入半空中。她旋了個身一頭栽進下層瀑布的池子裡。直搗潭心，浪花四濺。片刻後，露西亞娜探出頭來甩著腦袋。

「團長這笨蛋……」

另一方面，在上層瀑布邊的梅，正仔細打量阿格尼斯。

「不經意間就能說出這種話……這個天生的女性殺手……」

「咦？」

「嘛，算了。話說回來，哥您真的知道什麼是約會嗎？」

「妳把我當成什麼了啊？」

「天生女性殺手加戀愛呆子。」

「總之，我知道這不是讚美。還有，妳的眼神好恐怖……」

阿格尼斯思索著的同時，迴避梅緊迫盯人的視線。

約會……應該是兩人一起出去遊玩的活動。但重新想像了一下，忽然感覺有些心神不寧。

只有我和伊格瑪爾的女孩……兩個人去？

「哥，約會時身處不同環境，興致會特別高昂，彼此也會特別容易親近。所以，非常適合迅速縮短雙方距離。但，重要的是約會行程的安排。」

「……我應該怎麼辦？在伊索姆尼亞魔境狩獵魔獸就行了吧？」

「啊哈哈！這笑話挺有趣的喔，親愛的哥哥！」

「妳眼睛可完全沒笑啊!?那……在瀑布修行？」

「我姑且繼續說。那個啊，六天後在埃斯基亞東北部的聖多基亞，預計會舉行豐收慶典。距離伊格瑪爾的國境很近，也從未成為戰區。而且，因為是節慶，即使話不投機也會感到開心。我調查了很多地方，作為第一次約會的地點，那裡是最適合的了。」

「是、是這樣啊……真不愧是梅啊！」

阿格尼斯高興地點了點頭，拍了拍胸膛。

「太好了，這計畫完美。我會輕鬆搞定約會的。」

「真可靠呀，哥！」

「說實話，和戰場上的生死相搏相比，這根本不算什麼。……我行、我行、我行、我行、我行、我行、我行……」

「害怕到小聲地自我暗示啊……」

身體向後仰的梅，對他豎起食指。

「不過，約會確實不容易。距離越拉越近的同時，也有暴露出彼此本性的危險。可說是把雙面刃。而且要約會的話，還有一個鬧口需要打開。」

「鬧口？」

「嗯，那就是邀請。這和雙方人員安排好的相親不同，準備約會的第一步，是從邀請對方開始。我認為這次用寄信的會比較好，這封信將決定第一步的成敗。雖然考慮過由我來寫，但感覺太熟練的文章，反而較容易被女孩子看穿。所以我覺得有些笨拙但飽含心意的文筆，絕對更容易提高好感度。」

「邀請函嗎……」

阿格尼斯看向自己的雙手。

「交給我吧，我會努力寫出來的。」

「嗯，就是這股氣勢，哥！」

竭盡全力鼓勵幹勁滿滿的哥哥的梅，此時犯了一個嚴重錯誤。

她忘記告訴哥哥，信寄出前要先給她看過。

＊＊＊

伊格瑪爾王國的王都——芬里爾的南方。

在群樹環繞的雅緻宅邸內，靠在窗邊的美麗少女，正用她湛藍色的深邃瞳眸，眺望著遠方的景緻。窗外涼風徐徐吹來，眩目的桃紅色秀髮迎風招展。

「相親暫時中止了……嗎……」

伊格瑪爾「最強」的魔術師蕾法．艾爾朵麗塔，茫然地望著靜謐的針葉林，輕輕嘆了口氣。作為相親會場的聖堂倒塌了，中間人倒下了，自己也知道這是不可避免的，不管怎麼說，大概暫時都不會和那男人見面了吧。

在戰場上名聲響亮的不殺死神。能使出火焰斬擊的埃斯基亞共和國「最強」劍士。

然後——

「你仍舊……沒變呢……」

蕾法看著映照在窗上的自己，喃喃説道。

「……喂，我變了嗎？」

「蕾法大人。」

「呀！」

蘿賽琳的臉陡然從窗下冒出，蕾法當場嚇得跌坐在地。

「妳是從哪裡出來的啊！這裡可是三樓啊！」

「在下蘿賽琳，會常伴在蕾法大人左右。」

女侍從面無表情地跨過窗框，走進室內。

「您這樣可不行啊。如果是平時的蕾法大人，絕對早就察覺到我接近了。是不是在想什麼事情？」

「唔……」

「果真被我説中了。為了測試您是否心有旁騖，我才鼓起勇氣使出這種登場方式。絕對不是因為喜歡看到蕾法大人吃驚的樣子。嗯嗯，這是真的。」

「妳一定很開心吧？」

正嘟著嘴的蕾法，被蘿賽琳扶起身子。

只是，這樣也不壞。遠離王宮獨自一人生活，擁有可以冰凍一切的冰之魔女稱號的蕾法，只有蘿賽琳與之相伴。在這遼闊的國家裡，只有一個可以撒嬌的人。

蘿賽琳曾經率領過祕密部隊，在軍隊中似乎也是位叫人刮目相看的好手，但蕾法也沒那麼清楚她的底細。無論是誰，都有不想被探知的過去——當然，也包括自己。

蕾法發現蘿賽琳手中拿著一張紙。

「蘿賽琳，那是什麼？」

「啊啊，是的。我就是為了這個才來叨擾的。這是給蕾法大人的信件，寄件人是埃斯基亞國的『獄炎帝』。」

「咦？」

蕾法慌張地想要拿信，手卻頓然停下。

「但這是為何？雖說現在暫時休戰了，但依然是交戰時期，和埃斯基亞之間應該無法往來書信吧？唯一能轉送信件的教堂，目前也還在重建中。」

「是的，不過這封信就綁在插在玄關大門前的箭上。上次相親時，蕾法大人無意中說出宅邸的位置……」

「難道是……箭書？憑那麼一丁點情報，就能從埃斯基亞射來這裡？」

「我不認為這是人類能辦到的，但如果是那男人就有可能。箭上的刻印也的確是埃斯基亞的標記。確實是『最強』啊，真是恐怖的能力。」

「先、先看看。」

蕾法咕噥著取過了信。

──莫非是……情書？……不可能吧！

書架上的故事也有類似橋段。騎士的故事就是使用箭矢，傳遞滿懷愛意的書信給公主。騎士雖然是敵國的士兵，卻愛上了深窗內的少女。只能在窗邊眺望的公主，不知何時開始期待起書信的到來。不久兩人──

──不可以！

蕾法強行制止了心跳的加速。

這種程度就動搖的話，是不可能贏得戀愛戰爭的勝利。

但是──

蕾法數度深呼吸，才用顫抖的指尖慢慢掀開信件。能聽到自己的心跳聲，不敢看下去。她半瞇著眼，戰戰競競地瞪視紙面。

信上面如是寫道：

『即將到來的五月末日。九點。給我把脖子洗乾淨，在埃斯基亞共和國的聖多基亞海灣等著』。

蕾法瞬間撕毀了信。

「我什麼也沒看見。」

壓抑著聲音說道，緊握的拳頭也自然提升了握力。

「話說，這是怎樣！這怎麼看都是挑戰書啊……！」

故事裡的騎士，絕對不會給公主送這種信。

「確實，就如您所見的那樣。」

拾起破損的信紙的蘿賽琳，也表示認同。

蕾法把手放在了發熱的額頭上，迅速冷卻了一下。

「真是的，怎麼回事啊？完全弄不明白那個男人在想什麼。」

「兩國『最強』之間的決鬥，真值得一觀啊。」

「別說傻話了。這時候做這種事，更遑論同盟了。」

「非常抱歉，這是玩笑話。不過，歸根究柢只是因為文章氛圍的關係。如果只從字面意思解讀，應該是約妳見面而已。也許這是約會的邀請。」

「……咦？」

蕾法嘴巴開開，茫然地看著蘿賽琳。

「約、約會？」

「是有這可能性。依據這篇書信發來的意圖，以及約定地點和我的情報網相結合，那一天聖多基亞海邊的村子，正在舉行慶典。」

「是這樣嗎？」

蕾法忽然一臉為難地，望著撕毀的信。

「怎、怎麼辦？我撕破了……」

「稍後我會修復。只不過——」

「哎，怎、怎麼辦才好？蘿賽琳？說是約、約會！」

「也許是這樣，但是——」

「不、不行。因為約會就驚慌失措，可有損『最強』魔術師之名。」

雖然嘴上這麼說，蕾法卻像一個手足無措的孩子，開始在屋子裡來回踱步。

「……我可以、我可以、我可以、我可以、我可以、我可以、我可以、我可以……」

「蕾法大人，這樣子自我暗示有點可怕，那個——」

「啊啊，不行。不能就這樣閒著。不快點挑選能穿的——」

「請等一下，先聽我說！」

蘿賽琳快步追向匆匆跑出房門的蕾法。宅邸的服裝間，只穿著內衣的蕾法深陷在衣服堆中。

蕾法哭喪著臉抱膝而坐，一副束手無策的表情。

「蘿賽琳……怎麼辦？我完全不知道該選哪件……」

「這位大人，您這是在做什麼？」

從成堆的衣服山中，將蕾法給拖出來後，蘿賽琳用食指輕輕推了推眼鏡。

「蕾法大人，很抱歉掃了您的興致，但我不允許您前去赴約。」

「為、為什麼？」

「十分抱歉，說是約會邀請是我失言了。無論如何，約定地點是在埃斯基亞共和國內，這幾乎等於自投羅網。既然不知道對方有何企圖，我不能讓您曝入在任何危險之中。」

「我可是『最強』魔術師耶。就算假設是陷阱好了，我又豈能不應約？」

「對方也是強者。萬一蕾法大人出了什麼事，國王大人會非常傷心的。」

「呵……那也是因為損失重要戰力的關係吧？」

隨著冷峻的音色，氣氛逐漸凝滯。室內瞬間結霜，窗戶玻璃浮現出好幾道裂痕。

刺骨的逼人寒氣下，蕾法和蘿賽琳兩人相顧無言了一會兒。在連呼吸都會凍結的沉默過後，女侍從聳了聳肩說道：

「……這樣我很為難。如果您非要赴約的話，可以用視察敵情作為名目。」

「視察……敵情？」

「是的。雖然經年來一直爭戰不休，但對埃斯基亞的內情，卻幾乎一無所知。若是同盟破裂，將會再次成為敵人。這次的邀請，也是個能查探對方國家虛實的好機會。」

蕾法整肅了儀容。

「……是呢，視察敵情。這確實蠻重要的。」

「沒有比這更好的藉口了。」

「才、才不是藉口。我是真的這麼想。」

「是、是。無論如何，只要我認為有危險，您就得聽從我的指示。」

「我知道啦。」

蕾法畏畏縮縮地抬頭，看向蘿賽琳。

「那麼……那個，可以幫我挑一下衣服嗎？」

蘿塞琳嘆了口氣，走進服裝間的深處。

「如果在那男人面前，您也能做出這麼可愛的眼神就好了。」

「真是的，少貧嘴。」

「好了，這回我推薦這樣的搭配。」

蘿賽琳帶著惡作劇般的笑容，把衣架連同衣服拿給蕾法。

然後——

……

「那個，蘿賽琳……這、這我不行……」

望著全身鏡的蕾法，怯弱地表示。

「為什麼？」

「因、因為……看起來很奇怪？」

「一點也不奇怪。這次見面地點是海邊，說到海就是這個。」

蕾法穿著的是比基尼泳裝。

然而布料面積卻異常縮水，胸部和腰部大面積裸露。淡雪般潔白的肌膚甫接觸空氣，蕾法頓感嬌羞不已。

「這裡的衣物……不都是妳揀選布料來裁縫製作的嗎？這屋子內，怎麼會有這種寡廉鮮恥的服裝。」

「我想著，蕾法大人總有一天會穿上，於是徹夜縫紉製作的。」

「妳意外地很閒啊？我無法在別人面前穿上這種東西。」

「您有所不知。穿上這件，就算是『獄炎帝』也能輕鬆搞定。」

「……搞定？……當真？」

蕾法嚥了嚥喉嚨，仔細端詳著鏡中自己。

「嗯，瞬殺。」

「對、對……那麼……就……不行、不行啊！這種服裝，怎麼看都像慾女啊！我不會上妳花言巧語的當！不行、不行、不行、不行！」

「嗯……」

「妳看來很不服啊？就算妳一臉埋怨地看著我，我也不穿！」

「您真是落伍了。這個不行的話，剩下的就只有用繩子做的泳裝……」

「那算了，我還是自己選吧！」

「是、是，真是抱歉。好啦，就請您自己好好挑擇吧，不用顧慮我的心情。」

在那之後，兩位女子的鶯聲燕語，不絕如縷了許久。

＊＊＊

時序是五月的最後一天，九點。

地點是位於埃斯基亞共和國東北部的聖多基亞。

在對海之精靈表達感謝的豐收慶典的熱鬧街道外，埃斯基亞「最強」的男人插著雙手佇立著。晴朗的天空下，往復的波濤聲叫人神清氣爽，拂過大海的風滋擾著他烏黑的髮絲。

燦爛的太陽。

蔚藍無邊的大海。

更彰顯出節慶的朝氣蓬勃。

在這彷彿畫中所描繪的約會風光中，站在阿格尼斯身旁的梅，不停捲著她的馬尾辮。

「啊——真不敢相信！居然會寄那樣的信，哥哥您到底在想什麼啊？」

被罵了。這件事，阿格尼斯已經被罵了不下三十次。

「所、所以我才寫進我的想法啊，妳不是說寫得不好也不要緊嗎？」

「但這太不好了！那怎麼看都是挑戰書啊！」

「……不會吧？」

「您真的沒有自覺嗎？算了，有我跟著應該沒問題……」

後來得知哥哥的信件內容後，梅趕緊補射一封修訂後的信過去。

「以後一定要先找我商量，懂了嗎？」

「知道了……」

雖然阿格尼斯低著頭，但感受到脈搏加快了。

視野所及塵沙飛揚。一輛馬車喀啦、喀啦地駛近，坐在上面的乘客，恐怕就是今天的約會對象。

終於，第一次約會要正式展開了。

聖多基亞的街道，位於伊格瑪爾的邊境附近，當然設有國境警備隊，不過第二封信上，梅隨信附上了一紙非正式的「僅限一日的國家通行證」。駛近的馬車上頭，正貼著那張通行證。

阿格尼斯吁了口氣，膝蓋微蹲。

「來了呀……」

「哥，您那是戰鬥姿勢……這可是約會啊！」

「我說了……我知道。」

說是這樣說，卻也無法否認他的緊張。兩次相親都有個中間人，但這一次必須靠自己，舉辦一場名為約會的大型活動。
馬車在兩人面前停下。
車門緩緩開啟，走出一位腳踩涼鞋，身穿白色連衣裙，頭戴草帽的少女。
在海風中搖曳的淺粉色長髮，清澈而水潤的湛藍瞳眸，連衣裙下展露出的肌膚，既純潔又深具誘惑。在絢爛陽光的映照下，那原本就令人神馳的美貌，顯得更加奪目、更加出眾。
「好漂亮……」
被「冰結姬」的身姿所吸引的梅，猛然驚覺時才匆匆低下頭。
「啊，不好意思。我是阿格尼斯．萊斯特的妹妹，我叫梅。這次的約會，請允許我陪同。歡迎您遠道而來，前些日子沒能好好和您打招呼……」
在說著歡迎詞的妹妹身旁，阿格尼斯察覺到內心隱隱約約的焦慮感。
——真討厭……。
蕾法平靜的姿態，讓人覺得她是身經百戰的強者。明明應該緊張得要命，怎麼她卻毫不怯場。
冰公主掀起草帽的帽簷，從容說道：
「……尼好。」
——嗯？

Copyright © Umiko

「先在……是？」

「……嗯？您在說什麼？」

「不，但……」

「嗯？嗯？」

蕾法雙手抱胸，不知為何一直移開視線，還一直加強語氣。

「一定是浪潮的惡作劇吧。天氣真好呢，這將會是美好的一天。」

一位身繫圍裙、戴著眼鏡的女人，自冰之魔女身後走了出來。

「承蒙邀請。我是蕾法大人的女侍從，我叫薩賽琳。之後還請多多關照。」

在毫無多餘的動作中，女人垂下腦袋，肩膀上整齊的銀色頭髮微微擺盪。

面無表情，像娃娃一樣的精緻面容，蘊含著獨特的美感。

「唔……伊格瑪爾的女人都是美女……」

梅怨嘆地嘀咕了句後，推了阿格尼斯的背一下。

「好了！那麼，哥哥。您可要好好保護人家喔！」

「喔、喔、喔、喔！」

梅對結結巴巴的哥哥小聲説道：「有什麼問題，我會再給您提示的。」

「獄炎帝」用力地點了個頭，跨出第一步。

「蕾法大人，盡情享受吧。」

「我、我、我知道！」

聽完蘿賽琳的話，蕾法一遍又一遍地點著頭，邁出腳步跟在阿格尼斯身後。

就這樣，賭上兩國命運的約會，拉開了帷幕。

「走太快了，哥！」

阿格尼斯一股腦地勇往直前，朝熱鬧的街道上邁步，將穿著涼鞋在沙灘上寸步難行的蕾法，給遠遠地拋在後頭。就像是聽到了梅的話才回過神來，他稍停下腳步等待蕾法到來。

兩人終於並肩走在一起了，但之間卻隔著異常寬大的空間。彷彿暗示著兩人現在的距離一樣。

「啊啊，真不安……果然沒有我的話……」

試圖跟在兩人身後的梅，感到些許異樣。

——……啊咧？動不了？

想要前進，腿卻抬不起來。

——說話也是。

想張口，卻張不了口。

在視野的邊緣，有位身穿女侍從裝，像件擺飾一樣默默佇立著的女性。

「請恕我冒犯。我一看便知道，妳是『獄炎帝』的參謀，才失禮地把妳的影子和地面縫在一起，以封住妳的行動。梅．萊斯特，原是埃斯基亞共和國頂尖軍官學校的首席才女。之後，不知何故便和第三位哥哥『獄炎帝』離開中央，一起生活在邊境。」

「……」

蘿賽琳微傾著腦袋，淡淡地對動彈不得的梅說道：

「請放心，只是暫時不能動而已，對身體沒有任何危害。妳是長年處於敵對關係國家中的一員，只要限制住妳，埃斯基亞的指揮系統就會癱瘓了。我只是以防萬一。」

看向遠處慶典的喧囂，戴眼鏡的女人微微一笑。

「青天、白砂，叫人心曠神怡。而且，在這熱鬧的氣氛中，即使沒話聊也不會感到尷尬。反而兩個人靜靜聆聽浪淘聲，很容易就讓女方墜入情網。呵呵，真是美妙極了。只是初次約會而已，就設下最容易捕獲女人心的套路。但我可不覺得，我們這邊會就此無計可施了。」

「——」

梅的臉色中，夾著些許蒼白。

「呵呵，若是中斷了妳這位指揮塔的支援。這次的約會，反而就傾向了我們這邊，這將會變成是我主人的主場。那麼，失禮了。」

拋下這句話，蘿賽琳不帶聲響地翩然離去。

——等、等等！

梅只能對著蘿賽琳的背影，進行無聲喊話。

佇立在沙灘上的梅的視線，也被固定在遠方熱鬧的節慶會場上。

——我太大意了，哥哥……。

＊＊＊

對海之精靈表示感謝的豐漁季，是聖多基亞的著名節慶。

「哇！」

站在會場前的蕾法，被眼前的人聲鼎沸給驚得瞪大了眼睛。

明媚動人的陽光下，寬闊的沙灘上，羅列著數百家攤商。販售海鮮的店、販售面具的店、供人遊戲的店。各處攤商洋溢著的歡聲笑語和海岸獨有的潮水氣味，隨著店家烹煮料理的炊煙裊裊升起。

在會場中，建立了好幾座可供瞭望的高臺。在高臺上，樂師們手持弦樂器和打擊樂器，奏鳴出迎合波濤聲的舒心樂曲。

拍打上岸的浪濤，遠方是一望無際的大海。

「這就是海……這就是慶典……」

捲起草帽的帽簷，蕾法呆滯地說道。

「妳沒見過嗎？」

在五步之遙的阿格尼斯問道。

「……嗯……是呀。我的國家全是森林、湖泊還有山。」

閃閃發光的海平線，船隻張著大帆迎風而立。

正當蕾法被猶如畫中世界的景象所吸引時，阿格尼斯惡狠狠地說道：

「這次豐漁季是三年來首次舉辦。近幾年，前線戰況嚴峻，幸好聖多基亞沒有淪為戰區，但國家還是發出了自律通知。」

「……嗯，這是一場艱辛的戰爭。」

蕾法將目光投向水平線的彼方。

孤高的魔女蕾法得到戰場上巡視，但抵達戰地時，已然屍橫遍野的情況從沒少見過。

那裡既沒有敵人也沒有伙伴，只並排著一具具毫無反應的軀塊。

「雖然……很多人都對和伊格瑪爾王國暫時停戰抱持不滿，但如果能讓這樣的祭典重新開始的話，我認為倒也不壞。」

蕾法默默地注視著——視線放在節慶會場上的阿格尼斯。

兩國的停戰期限，還有十個月。如想要繼續下去，唯有結盟。

條件是「最強」的兩人結婚。

但是，要是自己完成了攏絡對方，讓其任己方擺佈的任務的話。

阿格尼斯將赤紅的雙眼，轉向因感到緊張而變得僵硬的蕾法。

「妳瞧，大家都很開心吧？」

「……」

乍然而現的純真笑容，讓蕾法險些招架不住。

就在那個瞬間，蕾法的腦海裡，浮現出蘿賽琳耳提面命的忠告。

──聽好了，蕾法大人。這次見面是在對方準備的舞台上進行。鬆懈的話，不小心就會被一招陷落，務請注意。

──沒、沒錯！不可以！

這裡就中招了怎麼行！

想起了女侍從的話，蕾法鬆了口氣。

──由於會引起「獄炎帝」的警戒，所以我不會太接近蕾法大人。但是不用擔心，因為我會提供您幾個約會時，能讓男人陷落的秘招。事成之後，「獄炎帝」自然而然會成為蕾法大人的傀儡。

對了，既然要做就得先手必勝。

蕾法一邊將秘招反覆揣摩於胸，一邊將臉轉向身旁。

「哎，話說回來……你的邀請函也太不識趣了吧！」

「……咦？」

阿格尼斯看起來一副嚇到的樣子。

「那根本就是挑戰書！你應該好好用心學學，能讓女人開心的文辭吧？」

「……嗚！」

看著「獄炎帝」歉疚的樣子，蕾法在心中暗笑著。

在使凝滯的氣氛緩和的同時，若無其事地掌控話語的主動權，並展示出對此非常熟稔的感覺，是讓對方意識到戀愛階級的絕技。

秘招之一——戲弄。

「你擅長拿劍，卻不擅長拿筆耶。」

「……妳、妳在說什麼？」

聲音雖然冷靜，卻顯而易見地飄開了視線的「最強」男人，額頭上已經冷汗涔涔。

蕾法揶揄的口吻，似乎確實對阿格尼斯造成了傷害。

總感覺……這樣不太好——蕾法這麼想。

「呵呵，在劍術之前，首先該先學會瞭解女人心吧。」

「不………」

「我可是第一次，看到叫人洗好脖子等著的邀請函。」

「那是……」

「應該說……你該不會……沒有邀請女孩約會的經驗吧？」

「喀呼！」

吐血。

阿格尼斯終於單膝跪地，被戲弄龍捲風高高捲飛。

——好厲害！想不到秘招一而已，竟能發揮出這等程度的力量，不愧是蘿賽琳！

上回相親的最後稍嫌遜色，但這次有提前勝利的預感。

這個反應、這種支配感。

對於蜂擁而來壓倒性的全能感，蕾法不禁仰面向天，臉上乍現出恍惚的神情。

——我，是戀愛的女神。

但她忘記了一項重要的事。

這裡是戶外，而且這是她第一次和年輕男人一起走在外面。在一條熙來攘往的交叉路口，不知何時起，周遭的視線都聚焦在兩人身上。

「喂，這邊有一對情侶在吵架。」、「哎呀，可真純情。」

——情侶。

這個詞語阻止了蕾法的攻勢，同時也給予了阿格尼斯回血的時間。

「喀、喀、喀喀喀喀喀！」

僵硬的蕾法焦急地想要發聲，卻聽起來像是惡魔的笑聲。

和年齡相近的男子，兩人在節慶會場上散步。終於理解周圍的民眾，眼中是如何看待我們的。現在，自己正在和男人約會，此一事實的份量，陡然壓在胸前。

面泛紅暈、呼吸急促。

快點！必須說出下一句話，但腦內一片空白。

秘招之二……想不起來……秘招之三……不行！

——該怎麼辦？

焦躁之中，忽然想起針對這次約會，蘿賽琳傳授的最終奧義。

——蕾法大人，當面紅耳熱之際，請若無其事地牽起他的手。

女侍從，推了推閃爍光芒的眼鏡，如此說道。

如此一來，對方就會血脈噴張、眼神朦朧。只要施用的時機完美，就連地獄守門人也無法阻止其墜入愛河的魔性戀技——「牽手」。

當初聽到時，自己覺得害羞而渾身顫抖。但在這一瞬間，處於極度混亂的情況下，蕾法想不出其它辦法。

——就「牽手」吧！

蕾法右手貫勁朝向目標——阿格尼斯的左手揮了下去。

另一邊，阿格尼斯總算從混亂狀態中復活，但仍然焦躁不堪。因為他確實被戲弄得毫無招架之力。

此番情狀之下，他倏地想起妹妹的話。

——沒問題的，哥。這次約會很有勝算，畢竟是我們的主場呀。繞繞會場，品嘗些好吃的東西，兩人再一起到海濱看夕陽，對你服服貼貼只是時間問題。然後，最後記得……

朦朧的意識中，梅的話語慢慢顯現。

——牽起她的手。

殺氣。

「啊啊啊啊！」

音速收起左手的阿格尼斯，順勢騰向空中翻了個圈。只見他的身體在三層樓高的空中華麗旋轉，並在稍遠一點的位置落地。

「你……這是哪招？」

在他剛才的位置旁，蕾法瞋目切齒地望著自己抓空的右手。

「……沒、沒什麼，只是太開心了。」

說謊了。

伊格瑪爾的少女，在約會的起始階段，就先施展了原本打算在最終局面才啟用的「牽手」。

——這傢伙，想突施殺手。

簡直是先手必勝。戀愛狙擊手，一擊必殺。

冰寒的恐懼，蔓延上阿格尼斯的背脊。

這不是不可能，憑「最強」之名。

——抱歉了，但體術是我比較在行。

腳跟用力踏地，沙塵暴起如嵐。眨眼間，縮短自己和蕾法的距離。

此時，如果被牽起手就輸定了。即等於成了對方的俘虜，只會有被任意指使的未來等著自己。經歷過殘酷戰場的直覺，是這麼訴說的。

那麼——先牽起對方的手不就好了。

「接招吧！」

阿格尼斯伸出的右手，以迅雷不及掩耳的速度，抓住了蕾法的左臂——原本是……這麼認為的。

「什！」

「咻！」地一聲，阿格尼斯反射性地鬆開手掌。蕾法的左臂被厚厚的冰所圍繞，絕對零度的冰，冰封了阿格尼斯的手掌。

「因為有點熱，我用魔法冷卻一下。」

蕾法微微揚起嘴角。

「比起熱，剛才妳難道不是想牽我的手嗎？」

「……什麼話？我只是在搧蟲子。」

「呵。」

「哈。」

相對的兩人之間，燃燒著劈哩劈哩的火花

一臉緊張的阿格尼斯，忽然冒出另一種警戒感。

「──嗯？」

阿格尼斯迅速環顧四周，驟然足踵一旋。

「抱歉，請稍等一下。」

留下這句話後，他開始疾速返回原路。

「咦？等、等一下！」

目瞪口呆的蕾法。雖然反射性追了過去，但無奈陷進砂地中，無法順利跟上。這樣看來，反而就像是被洶湧的人潮所阻攔一般，慢慢被掩蓋到街道的邊緣。

「怎麼了？突然就……」

儘管如此，依然想要跟上的蕾法，腳底一滑栽在了砂子裡。

「呀！」

熱砂撲身。她立刻起身，白色連衣裙也沾上了砂子。蕾法一臉苦澀地把砂子撥乾淨。

「真是的，怎麼回事啊！竟然丟著我不管，可真夠失禮的！」

還真是「獄炎帝」啊，扔下約會對象不理，自己不知道跑去了哪裡，果然永遠在預想之外。

雖然看起來好像有什麼急事，但老實說，實在非常可疑。

一定是那個。為了報復我戲弄他，所採取的手段。

扔下蕾法，然後在某個地方偷看不安的她。

「哼！還真是孩子氣的行為，這種程度的佯攻能耐我何？」

蕾法「哼！」了一聲，插著雙手挺起胸脯。

要從容。

從容。

從容的態度。

沒錯，得展現出從容的樣子。

「……啊咧？」

然而，「獄炎帝」依然不見蹤影，即使布滿魔力網，也探知不到鄰近類似阿格尼斯的存在。

在不斷有牽著手的情侶，走過自己眼前的過程中，蕾法終於感到不安地抬起了頭。

——難道……他真的棄我於不顧？

這也太胡來了吧——不，是那男人的話，或許真有可能那麼做。

該不會譏諷過度，惹怒他了吧？或者，太快想牽他的手了？

說起來故事裡也有。不厭其煩地接近王子，反而被疏遠的反派千金配角。

——怎、怎麼辦……？

蕾法表面依然保持從容的樣子，嘴角一動不動，但額上卻是香汗淋漓。

「嗨，大美女。」

蕾法站在路口邊的龍蛇混雜之處，忽然聽到這麼一句話。

「哇、真的耶！」、「超可愛的啦！」、「妳不是本地人吧？」

皮膚黝黑的年輕男孩們，開始聚集成群圍觀著戴草帽的蕾法。

「……什麼？」

「喂喂，妳一個人嗎？和我們一起玩吧！」

「咦？我不是一個人……」

「好啦、好啦，扔著這麼漂亮的美女不管的男人，一定也不會是什麼好東西，跟我們一起走吧。」

「請別這樣！」

蕾法抽出突然被抓住的手。

「害羞了嗎？好可愛呀～」

……真煩人，乾脆讓全部人都冰鎮一下好了。

但，蕾法還是有所猶豫。畢竟身處敵國之中。蘿賽琳告誡過……千萬不要做出太引人注目的行為。

在戰場上，她都會用面紗遮臉，應該不會暴露真實身分。即使如此，貿然引起騷動，被懷疑是伊格瑪爾的人就麻煩了。

——對了，蘿賽琳呢？

尋找在會場某處的女侍從，在人群之中，瞬間就瞄到了她的側臉。

「蘿……」

然而，只見她頭上戴了副貓臉面具，兩手拿著串燒，獨自一人正全力享受慶典。蘿賽琳發現了一家烘培點心店，一溜煙跑了過去。

——啊啊啊，那女孩真是的！

「喂喂，跟我一起走嘛！」、「我們會照顧妳的。」、「要不要做點更開心的事呀？」

「請你們適可而止——」

當蕾法反射性地提高魔力流動時，背後傳來了一道聲音，是她一直想要握住手的男子。

「啊——抱歉，她是跟我一起的。」

「啊啊！」、「你是哪根蔥啊？」

圍著蕾法的男人們轉過身子，站在他們面前的，是一位有著一頭黑髮和銳利紅眼的男子。

不知道是不是跑過來的，他額上冒著青筋和汗水。群情激動的男人們包圍住他。

「喂喂，能否識相點別礙事？」

「我們正在『約』她啊！還是說，你想和我們交流、交流？」

面對半笑鬧、半威嚇的男人們，那人平靜地回答道：

「好啊，就交流、交流……難得的祭典，大夥一起開心一下？豐漁季久違了吧？讓我們開心地玩吧！」

不是害怕，反而是感慨地望著會場。見此情狀，男人們面面相覷。

其中一人笑了笑後，忽然嚴肅起來──扁他！

「當自己是正義的一方嗎？不是說了，你很礙事了嗎！」

男子揮出的拳頭，直擊阿格尼斯的腹部──

「呀啊啊啊啊啊！」

但發出慘叫的，卻是出拳打人的一方。

「手！我的手斷了！我的手！」

男人坐倒在地，含淚按住手腕。

「喂，你沒事吧！」

「可惡，你在腹部藏了鐵板吧！你太卑鄙了！」

「不，說我卑鄙……但我什麼也沒做啊。」

阿格尼斯撓了撓腦袋，掀起衣服露出腹部。

側腹有塊形似六芒星的燒傷痕跡，雖然沒有放鐵板，但取而代之的是，鍛鍊到如鋼鐵般的精壯腹肌，男人們明顯害怕起來。半晌，其中一位臉色鐵青的男子，吞了口口水說道：

「喂，等一下……這傢伙……不，這個人……不就是『獄炎帝』嗎？」

「……真假？」

男人們瞬間臉色一片慘白。

「我在軍隊裡的時候見過。這雙紅眼，的確似曾相識……」

「他是『獄炎帝』？是在戰場上……名聞遐邇的埃斯基亞『最強』男人？」

「三大公之首——萊斯特家的？」

「劍刃會產生火焰的那個？」

「嘛，這倒是沒錯。」

當阿格尼斯回答時，男人們「哇！」一聲，齊向後退。

「這、這位大人，您出生時……額頭上是不是有三根角？」

「您餓的時候，是會直接生吞一頭牛嗎？」

「我聽說……您血管裡流著的是岩漿？」

「這些就不對了，這到底是些什麼奇怪的謠言啊？」

阿格尼斯不禁反駁了一下，其中一名男子面色蒼白地開口道：

「我、我聽說的是，您十歲左右……在那個魔獸猖獗的魔境深處生還……這也是唬人的謠言嗎？」

「啊，這件事是對的。」

「咦、咦、咦、咦，是本尊啊！」

一旦一個人叫喊出聲，恐懼會在瞬間擴散。「對、對不起！」他們害怕地道著歉，便飛也似地逃開了。

阿格尼斯看著那群男人的背影，無奈地搔了搔頭，再轉向蕾法。

「抱歉，讓妳感到厭惡。我想他們也是因為久違的節慶，情緒太興奮了。」

阿格尼斯一邊道歉，一邊走近。蕾法轉過身來，是安心還有些不滿的面容。

「你跑哪去了？」

「那個，我感覺聽到我妹在叫喚我。不出所料，她在對面的沙灘上跌倒了無法動彈，我一拉起她就又能動了。」

「妹妹？你這樣早點告訴我不就好了，別給我急急忙忙跑開嚇唬人。」

「我不是有請妳等一下嗎？」

「這才不是等一下。」

「哎呀、哎呀，情侶吵架呢！」、「年輕真好啊！」

「……！」

再次來自路人的情侶說法，兩人的臉轉眼間變紅了。

僵硬地互相凝視，最後蕾法垂下雙目輕聲道：

「突然叫我等一下，我怎麼會知道……那是……多久……應該說，這是一個非常微妙的說法，雖然像是說了什麼，但幾乎等於沒說什麼……」

「妳想說什麼？」

「……因為……會讓我感到不安……」

咚！

阿格尼斯清楚聽到……自己的心臟輕微震盪的聲音，不知所措地撓了撓頭。

「不、那個、對不起……」

他望著自己的手，然後緩緩遞了出去。

「那就讓我牽著妳的手吧。妳走太慢了，很容易跟丟。」

「——！」

這一次，似乎是蕾法感到困惑，她那雙蔚藍的眼眸，瞄著阿格尼斯的手指。

「你說什麼？這、這樣就想握住我的手！你這男人是什麼謀略家嗎！」

「大概是不小心說出內心話了。妳不、不願意也沒關係……」

阿格尼斯伸出的手，手掌的皮膚很厚實，指節上長滿了繭，估計是因為一次又一次揮舞長劍的緣故。過了很長一段時間，蕾法始終猶疑不定，最後畏畏縮縮地伸出手——抓住阿格尼斯的衣服下襬。

「這、這樣就可以了吧！這樣……我也不會走散……」

「是……是沒錯……」

神情僵硬的兩人，沿著街道邊信步而行。

蕾法低著頭，但手指卻緊緊揪著他的下襬。

「……什麼嘛，這兩小無猜的樣子……」

隱身在某間攤位後方的蘿賽琳，盯著的兩位「最強」的模樣，獨自喃喃道。

「嘛，好吧。這次要不要就算平手呢？距離已經近到足以這樣評價了，我早就預料到事情會演變成這種情況，絕對不是因為看到好吃的食物而忘記。」

蘿賽琳一邊吃著手裡的串燒，一邊看向「獄炎帝」。

——話說回來，雖說不是什麼強力的招數，但能那麼簡單就破除我的魔法救出妹妹。果然，那股力量是貨真價實的啊。

阿格尼斯抬頭看向蒼穹，眉頭微微一皺。

適才感覺聽到梅的聲音，而急忙跑去的時候，還有感受到另一股不尋常的氣息。

——如果不是討厭的東西就好了……

捎著潮氣的海風，吹撫過臉龐。

另一方面，一名紮著馬尾辮的少女，正大步行走在前往節慶會場的沙灘上。

「真是的，那個女侍從！」

就在剛才，梅一直被影縫魔法弄得動彈不得，但阿格尼斯如疾風般出現，一拉起她的手臂，就輕易解除了魔法。

梅向哥哥解釋成被沙灘絆倒了，督促他先回「冰結姬」那裡去。

她沒有說出蘿賽琳的所作所為，反正也沒有證據，不願在同盟前製造多餘的火種。那個女侍從也想到這一步了吧。

她恐怕不是普通的女侍從，光從站立的姿態，就能感覺出那蘊含著數度出入修羅場，超越生命的淒慘經歷。就算是軍方的頂尖人員，想必也是名列前茅的強者。

這場勝負，不僅僅是「最強」兩人的戀愛之戰。從情報洩漏的觀點看來，目前都只是彼此最少人數參與的事件，但遲早可能會發展成牽涉國家高層的總體戰。

「我不能輸！」

咬著指甲的梅，背後是一片壯闊的大海。

在遙遠的海面上，晃蕩著一攤黑色陰影。

＊＊＊

「這是……什麼？」

在節慶會場的一間攤位前，蕾法瞪大了眼睛。

在攤販前擺著好幾根竹串，上面還插著奇怪的生物。

在有著青白色斑點的軀體上，還長著數隻帶有吸盤的觸手。

「這是魷魚串燒，要吃吃看嗎？」

「咦，這是食物嗎？」

「很好吃喔！老闆，我要兩支。」

阿格尼斯從老闆那接下了兩支魷魚串，將其中一支遞給蕾法。

「嗯，好吃！」

「好吃？當真？」

拿著另一串的蕾法，猶豫地看著竹籤上的魷魚。

確實，說香是挺香的。但，看到這彎彎曲曲的觸手，不認為這能入口。蕾法正迷惘時，察覺到某人的氣息。

——蕾法大人。

——蘿賽琳。

女侍從正站在蕾法的影子上。

——妳剛才都跑哪裡玩去了？這邊可是一堆麻煩！

——非常抱歉，在下是為了先替蕾法大人試毒，而東奔西走各個攤位商家，這附近的攤販基本都試完了，您大可放心食用，無妨。

——真的是這樣嗎？我還以為妳肯定是忘了我，自己到處去玩呢！

——這絕對不可能，這是不可能會發生的！嗯——停留太久會被「獄炎帝」發現，所以我要去進行第二輪試毒。

蘿賽琳這麼說完，便直直地朝一家擺著南國水果的攤販晃去。

「絕對是玩得超開心的吧……？」

「怎麼了？」

「喔、不，沒什麼……」

蕾法慌張搪塞時，緊急盯回手裡的魷魚串。

她閉上雙眼，然後緩緩將其含入口中，緊接著——

「太好吃了！」

魷魚非常有嚼勁，又辣又甜的醬汁，扎實地滲入緊緻又有彈性的肉身，竄進鼻竇的炭烤風味，激發出強烈的食慾。

眨眼間就吃完的蕾法，開始垂涎第二支。

說起來，今天因為緊張，一整天都沒說到什麼話。

「這叫魷魚串燒嗎？真好吃呀！」

「妳沒吃過嗎？」

「嗯，我們國家的魚類料理，主要都是淡水魚。我還是第一次看到這種生物。」

「嗯，等一下。妳臉上沾到醬汁了。」

阿格尼斯伸出手指，拭去蕾法嘴角上的醬汁。

「……」

不消片刻，蕾法連脖子都紅透了。

「你、你、你、你！剛、剛、剛、剛才……」

「不、不是的！我對我妹也都這樣……」

「對妹妹？兄妹會在外頭……做這種寡廉鮮恥的行為！」

「等、等一下！我只不過幫忙擦一下嘴，又不是什麼奇怪的行為。」

「哥！」

雙方爭執中，梅突然插了進來。

不知道是不是跑著來的，只見她喘著氣看向「冰結姬」。

「不好意思，打擾一下！蕾法小姐！那個，您帶來的人在哪呢？」

「嗯……話說回來，她去哪了？」

蕾法四處張望。

「妳找蘿賽琳要做什麼？」

「啊，沒什麼特別事，不在也沒關係。比起這個，我們不如去那邊的遊戲區看看吧？」

梅引領似地向前走，兩位「最強」也趕緊跟了上去。

「得救了，梅。解決爭吵了。」

「沒事。比起這，哥哥您那樣可不行喔。這樣出奇不意又過於親暱的舉動，女生是無法接受的。」

「這樣啊……好難啊……」

兄妹二人竊竊私語著。

三人穿過美食區，經過穿著南國服裝在舞台上唱跳的女孩，然後走進了遊戲區。在這裡，看到了許多正在撈魚，以及玩著射氣球的親子們。

「來唷！便宜喔、便宜喔！那邊的三人，要不要來射射看？」

裹著頭巾的淺黑色皮膚的少年，向三人招了招手。

「哥哥，玩什麼遊戲都好。重要的，是要能共享歡樂時光。我會在中途離開。」

答應了梅小聲的建議，阿格尼斯帶著蕾法走進店鋪中。

「一組客人！」

跟著導引的男孩走進店內時，發現坐鎮櫃檯的是位女子。

背心下是露出健康美腿的小短褲，緊緻的小麥色肌膚襯著象牙色短髮。

「……咦，露西亞娜？」

「團長？小梅？」

身為副軍團長的露西亞娜，驚訝地看著阿格尼斯他們。

「妳怎麼會？不是休假中嗎？」

「是呀，在幫我弟弟羅恩的忙。羅恩在全國各地都有分店。」

露西亞娜指著那個攬客的男孩。

說起來，她說過她弟弟的生意夥伴受傷，自己要去幫忙。她們兩個人的長相……也確實有些相似。

「團長！該、該不會……您是來見我的吧……」

身為英氣凜然的副軍團長，在一瞬間表現出了嬌羞的姿態。但她陡然雙眉緊蹙，後半段的語調變得狠辣。

「不、不可能……莫非是那個約會？妳就是『冰結姬』？」

「什、什麼……？」

露西亞娜橫眉怒目，瞪向跟在阿格尼斯身後進店的蕾法。

「為何那麼巧……」

手放在額頭上、垂著肩的梅，看向瞪視著蕾法的露西亞娜。

「感覺……我好像被瞪著，是我的錯覺嗎？」

「這不是錯覺，玩弄團長的狐狸精。」

「……狐狸精？雖然我不認識妳，但這可不是初次見面該說的話。妳是不是應該多學一些禮貌？」

「對敵人沒必要禮貌。」

「我並不認為我是妳的敵人，但現在我開始這麼覺得了。」

令人感到背部發涼到要凍結的冷空氣，瀰漫在兩人之間。

「那個……？」

即使眼前的狀況難以收拾，阿格尼斯仍試圖想要平息紛爭。

「啊──等一下、等一下！雖然不清楚發生了什麼，但本店是玩樂的地方，禁止任何糾紛！」

那一位叫羅恩的少年，越過阿格尼斯走到兩位女孩之間，感覺他似乎是個很機靈的少年。

「嘿，白皙動人的美麗小姐姐。您擺出這麼可怕的臉，可就不漂亮嘍！」

「漂、漂亮？」

忽然被人這麼一說，蕾法不知所措地紅了臉。

「還有，露西亞娜姐也是。笑容、笑容！這不是服務業的基本嗎？」

「我無法。」

「那麼，為了不妨礙我做生意，請您靠邊站去，是想害我沒飯吃嗎？」

「……唔！羅恩被我慣得很沒大沒小啊。」

但，或許是不忍心妨礙弟弟的生意，露西亞娜一邊怒目瞪視蕾法，一邊將椅子搬到裡面去。

「好了。抱歉啦，各位客人讓我們重新開始吧。遊戲方法很簡單，只要用那裡的弓箭瞄準目標發射就行了。給你們添了點麻煩，就算你們便宜點吧！」

羅恩用活潑的語調說道。玩具弓就擺在櫃檯上，各式大小的標靶，放置在相隔一段距離的位置。因為有二十多個目標，分別寫上了數字，所以是在競爭能拿多少分的遊戲吧。

「好啦！以滿分為目標，努力爭取節慶的頂點吧！」

「……頂點？」

阿格尼斯轉向羅恩，並盯著他那雙有些筋疲力竭的眼睛。

「啊咧，客人您不知道嗎？聖多基亞的豐漁季，在各處遊戲場都設有分數牌。最後會合計在傍晚之前收集到的分數牌，高分者能參加在海上舉辦的最終競賽，並決定出祭典『最強』的榮譽。」

感覺空氣「啪！」地一聲顫動了起來。

——多半會……

梅回頭一望，都自詡為「最強」的兩人，揚起了嘴角。

「……祭典『最強』啊，還蠻有趣的嘛！」

「……是呢，『最強』決定戰是挺有趣的！」

「那個……哥哥？還有蕾法小姐？今天是約會，開心比較重要吧？」

「我知道。這點程度，我是不會較真的。」

「當然。孩子的遊戲，我怎麼會認真。」

「嗯……也是，太好了……話說，兩人的眼神都好可怕呀！」

下一個瞬間，放在架子上的所有物體，都被吸盤箭給射穿了。

「哥哥，滿分！好厲害，一吋不差地全都射到了正中間！」

「嘛，這種小兒科程度，我睡著也能做到。實際上，我現在就有點睏了。」

阿格尼斯洋洋得意地看向蕾法，只見她的身旁浮現出數個小小的魔法陣。魔法陣一邊發出淡淡的磷光，一邊緩慢旋轉著。蕾法將箭射入各個魔法陣，忽地響起一道風聲，箭射穿了靶心。

「小姐姐也滿分！太厲害了，那是『投射』魔法吧？」

「哎呀，你知道魔法？」

「我看過故鄉的魔術師老爺爺，在廟會上表演過。」

羅恩感嘆地看著靶上的箭。

「但是那時候，那位老爺爺花了三天時間準備，聽說能使用這種高級技巧，就足以令人自豪了……」

「高級技巧？這程度的玩意兒，我三歲就會使了。」

蕾法輕笑一聲，彷彿勝利般瞥向阿格尼斯。

「咕……」

才剛拿到滿分的阿格尼斯，輕咬著牙迅速轉身。

「這項算平手，接下來要比撈魚嗎？」

「這提議不錯。」

「等、等等，請兩位先等一下！」

梅拼命追上快步離去的兩人。

下一間分店，擺放著幾個水槽，水槽內游著許多顏色鮮豔的魚。

走入店內的阿格尼斯，先呼了口氣後，以眼睛看不到的速度把網子打在水面上，強大的震波，將魚都給震暈浮上了水面，他毫不費力地撈起所有的魚。

「哥哥，滿分！」

另一處水槽則是從底部開始結凍，所有的魚都被逼上了水面。

「小姐，滿分！」

只見店長一臉不知道發生什麼事的樣子，兩人英姿颯爽地走出了店門。

「下一個來比射氣球。」

「膽子不小嘛。」

「所以我說啦，拜託兩位都先等等……啦！」

對梅的制止毫不理會，一間接著一間店內，響起一個接一個的滿分歡呼。

「感覺外面很熱鬧呀，姐姐。」

聽到廣場的喝采聲後，羅恩才剛要轉身詢問。

「啊咧……？」

但他眼前只剩下一張無人的椅子。

海風一點一滴消退了熱度，孩子們的嬉鬧聲也漸漸平復。

海平面上，浮現出一輪赤紅的夕日。

——決勝戰。

作為比賽場地的海上舞台附近，已經擠滿了許多人。

「好，祭典終於要結束了！被選中的人們的盛典！聖多基亞豐漁祭『最強』決定戰，即將要在舞台上展開啦！」

從沙灘邊的高臺，廣播出主持人的聲音。

「主持人是由不才小弟羅恩我擔綱！然後，解說是不知何時起坐在旁邊的眼鏡淑女，請問小姐的芳名是？」

「我叫蘿賽琳。」

「好的，蘿賽琳小姐。在眾多遊戲中脫穎而出，進入決賽的強者共有十六名。其中似乎還有在上一次祭典，獲得總冠軍的三號巴爾博內選手。他身為退役軍人，在這遊樂場根本是犯規的存在，妳怎麼看待這場勝負？」

主持人羅恩看著站在狹窄舞台上，肌肉發達的中年男子說道。

決勝的項目是『互推相撲』。十六個人一起互推，最後留在舞台上的人，將是最後的冠軍。有硬漢光頭男，還有蒙著黑布看不到臉的人。

無論如何，會場滿溢著決戰前夕獨有的緊張感。

蘿賽琳推了推眼鏡，淡淡說道：

「嗯，要選出冠軍候補的話，大抵就那兩個人吧。」

「原來如此，那麼是巴爾博內選手和誰呢？」

「巴爾博內？那是誰？」

「天啊！真是意外啊！意外！完全看扁上一任霸主的發言！」

「上屆的霸主根本不成問題。因為那兩個人是──」

身穿女侍從裝的少女，注視著背號六號和八號的參加者，發出喀喀的笑聲。

「──『最強』的。」

開始！

夕陽照耀下的海岸，響起海螺笛聲的同時，也拉開了決勝舞台的帷幕。

「喔啦啦啦啦！」、「啊啊啊啊啊！」、「唔啊啊啊啊！」

對臂力自豪的參賽者們，紛紛鼓起全身肌肉，讓鍛鍊出來的精實肉體相互碰撞。

怒號！悲鳴！

躍動的肌肉和噴發的汗水。

「喔！天啊！上屆霸者巴爾博內選手！立刻就把三位選手扔進了海裡！」

「好輕、好輕啊！簡直就像紙張般！」

巴爾博內鼓動著肌肉，正瞄準下一個目標。

背號六號。

黑髮紅眼的少年，雖然身體看起來很結實，但太瘦小了。

力道沒控制好，大概會把他撞個稀爛吧。

巴爾博內舔了舔嘴唇吼道：「唔啊啊啊啊！撞飛出去吧！」衝向目標。但——

——怎麼……可能？

動也不動。被認為會像小石子般撞飛的少年，一臉輕鬆地站著。用上了全身力量，

對方仍紋絲不動。

話說會來……剛剛，他還給我打哈欠？

巴爾博內的額頭上，忽然流下了汗水，不知道剛才發生了什麼事。戰場上被稱作重型坦克的自己，竟然連一個少年都無法撞飛的話……

「這是怎麼回事？巴爾博內選手將肩頭靠在了六號少年的身上後，就停下了動作！是手下留情了嗎？」

蠢貨……我是用了全力！

但是，卻從少年看似瘦弱的軀體中，感受到了如龐大岩山一般的壓力。

和那時很相像——巴爾博內如是想。

巴爾博內所屬的部隊，曾經在戰場上，慘敗給一位臉上遮著面紗的伊格瑪爾魔術師。那是一場訓練多時，且準備許久才進行的戰爭。但正式開戰後，眼前所見的……僅僅是魔術師的手輕輕一揮，一切都被冰封住了。等自己注意到的時候，軍隊將領已然全部被擒，戰鬥終了。

將我方為了勝利所消耗的時間和辛勞，一瞬間灰飛煙滅的常識外的怪物。

以這場戰鬥為契機，巴爾博內決定退伍離開軍隊。

不知為何，此時會想起那時「如同螞蟻挑戰巨人」的絕望感。

「你搞什麼鬼啊！」、「我押你贏啊！」、「讓我們看看前軍人的骨氣！」

一句句奚落聲，敲擊著巴爾博內的鼓膜。

——媽的！

巴爾博內攥緊了拳頭。鬥毆行為是嚴格禁止的，但此時已經顧不了那麼多了。已經受夠那些屈辱了，趁著混亂給那少年的下巴來上一記。

「唔唔唔啊啊啊啊啊啊！」

巴爾博內使盡全力，揮出砂鍋大的拳頭——

啪。

「咿啊啊啊啊啊！」

巴爾博內的肩膀，看似被少年輕輕推了一下，便如塵絮般飛向空中。

「怎麼回事！上屆霸者巴爾博內選手，被六號少年輕輕鬆鬆推了出去！我到底看了什麼呀！」

「當然了，哥哥怎麼可能輸給那頭肌肉怪物。」

「咦，主持臺上有誰在說話！」

設置在高臺上的主持臺，不知何時冒出了一位馬尾辮少女。

梅瞪著坐在解說席上的蘿賽琳。

「方才承蒙您關照了。」

「呵呵，不用客氣。先坐下如何？現在還在比賽中，請您別引起無謂的騷動。」

「我也是這麼想的。」

兩個女人之間看不見的火花，一閃即逝。

主持人對正要坐下的梅問道：

「那個，您是新的解說員是吧？敢問小姐芳名？」

「我叫梅。」

「那麼，梅小姐。我就直接問了，您預測誰會奪冠？」

「背號六號，唯一選擇。」

「是那位剛推倒巴爾博內的少年吧。另一方面，蘿賽琳賽評曾說過有兩位冠軍候選，敢問另一位會是誰呢？」

「應該是八號吧。」

「這答案真叫人意外。八號雖然把草帽戴得極低，但怎麼看都是一名纖纖弱質的少女。然而不可思議的是，她至今都還沒落入海中！」

撞向白色連衣裙少女的男人們，不知何故都會滑倒，然後就這麼從舞台上滾落下來。每當參賽者減少，都會響起如雷的掌聲和歡呼，全場觀眾們的興奮度，逐漸推昇至最高點。

這場混戰的最後，場上只剩下三人。

「來啦！來啦！比賽即將邁入尾聲！本次大賽的優勝就鎖定在背號六號、八號、十二號，這三位參賽者之中！」

主持人羅恩趨前大喊。

「擊倒巴爾博內的少年，與其對峙的是，不知何故都會從她身旁滑落舞台的少女！然後，另一位臉上纏著黑布的十二號是……咦，露西亞娜姐？」

羅恩不禁高聲喊出，托著腮的梅也跟著手滑了一下。

只見她將頭上蒙著的黑紗褪了下來，象牙色短髮隨之傾瀉而出。

舞台上的阿格尼斯，走向露西亞娜。

「什麼嘛，果然是妳啊！」

「您發現了嗎，團長？」

「從妳的動作和氣場就察覺到了，妳也來參加這場祭典比賽嗎？」

「啊，是、是的！最近身體有些懈怠了，順便消磨點時間。」

露西亞娜敷衍地回答後，眼神內忽然精光四射。

「團長請不要出手，那女人交給我來對付！」

露西亞娜擋在阿格尼斯身前，與「冰結姬」對峙。

「我是團長的右腕，露西亞娜。團長的幸福就是我的幸福，如果是適合團長的人，我一定會支持。但妳是敵人，絕對不適合團長！來交手吧！」

就在聲調上揚的剎那，露西亞娜加速了。

由於踏地過於強烈，舞台地板竟飛了起來，她的身影跟著消失。

當然，並非實質上的消失。然而露西亞娜速度之快，迅速拉近了與蕾法的距離。超越常人理解的身體動作，引起會場一陣轟動。

戴著草帽的少女，茫然地看著以超快速度逼近自己的褐色少女，低聲說道。

「……跟我交手？」

露西亞娜的肌膚，瞬間起了雞皮疙瘩。

好冷！彷彿體內有把冰刃，正直接玩弄心臟一般，從心底叫人膽寒。

一感受到「冰結姬」的視線，全身就感覺大氣如鉛般沉重，身體也跟著變得遲鈍。恍如身陷泥沼，越來越遲緩。不消多久，露西亞娜停止了動作。

距離目標還有三步。

然而，就如同前面有一堵看不見的冰壁一般，絲毫無法越冰壁一步。

露西亞娜很強，能輕易踢開其他壯漢。

但也正因為如此，她才能看出自己與「冰結姬」之間，那壓倒性的力量差距。猶似窺見一道深不見底的黑暗鴻溝。

——絕對的強者。

「唔……啊……」

為什麼？動不了？一步也！

好冷！

沐浴在冷空氣之中的蕾法，以狡黠的眼神看向露西亞娜，緩緩說道：

「妳知道……妳是在對誰說話嗎？」

叫人絕望的魄力。露西亞娜聽到了鬥志被凍結，然後碎裂的聲音。拼命壓抑不讓牙齒因為打顫，而發出陣陣聲響。此時，忽然有隻手放在了她的肩膀上。

「……別這樣，現在的妳贏不了。」

「團……長……」

就在那一瞬間，露西亞娜終於崩潰倒地。

「怎麼了！突然消失的露西亞娜姐……不對，是背號十二號不知何故，突然坐倒在地！看這模樣，似乎是喪失戰意了！冠軍就落在六號和八號之中了！」

喔喔喔喔喔喔——觀眾的情緒來到了最高潮。

夕陽西下的海岸線，料峭寒風自兩人之間呼嘯而過。

「總算到了頂尖對決的時刻！就如兩位解說員方才各自所預測的一樣！簡直是龍虎相爭！」

羅恩興奮地將麥克風遞向兩位解說員。

「蘿賽琳小姐曾預測冠軍會是八號少女，請告訴我們這樣預測的根據是？」

「是呢……」

蘿賽琳帶著哀傷的神情說道：

「她呀……是個天才，超絕級數的那種。只能說是神的惡作劇吧，任何人都達到不了她的高度，與生俱來的天賦就是不一樣。但是……我不知道這算不算幸福……」

降低音量，補上了最後一句。

「原來如此，背號八號的少女簡直就是被神選中的存在。那麼，梅小姐推薦的六號少年又是如何呢？」

「他呀……」

梅玩味著娓娓道出：

「他呀……是努力的鬼。不對，是鬼神。乍一看瘦弱的背影，其實不能以常理來論斷他，是讓旁觀者都感到恐怖的努力。不管下的是雨還是長槍，他都會持續揮劍。只專注於眼前的事，無論遇到什麼困難，永遠不會放棄。對，無論有什麼困難！」

句尾有著懇切的熱情。

「背號六號可以說是努力的鐵人吧！感謝兩位精彩的解說，天才少女對上努力少年。好了，那麼『最強』決戰，就讓我們見證到最後一刻吧！」

在主持的號召下，全場觀眾的視線，都聚焦在場內的兩人身上。

氣氛緊繃。

以赤紅如血般的夕陽為背景，兩人的陰影正慢慢靠近。

「抱歉，我會來真的。以『最強』之名。」

「竟然說出『最強』，那我也不會客氣。」

梅像是忽然注意到了什麼般，猛地站了起來。

「……咦，等等、等等呀！話說起來，這本來是約會吧？不知不覺就演變成決鬥了啊！」

照著起初的決鬥書所示，對決就這樣展開了，梅靠向解說席的蘿賽琳。

「喂、喂，這可糟糕啦！單純的節慶活動，變成兩國代表的戰鬥，要是真的打起來，會形成國際問題。」

「對那兩人來說，『最強』是無法讓步的稱號吧。」

「是呢……現在不是說那個的時候，妳快想點辦法啊！」

「我今天已經放棄了，就讓我們期待下去吧。呵呵呵！」

「妳這什麼一臉頓悟的笑容呀！得快點制止啊！」

梅一邊搖晃著蘿賽琳的肩膀，一邊看向大海的舞台。

於是，她發現了。

「那是……什麼？」

影子。

舞台底下的海面，有道巨大的影子在浮動。

那叫人不安的影子，漸漸增大了面積。如果要比較的話，那令人毛骨悚然的漆黑輪廓的大小，是足以一口吞掉——梅現在所處的高臺的程度。

梅想起了哥哥在瀑布修行時，露西亞娜說過的話。

確實如此，有在亞葛海域目擊魔獸的報告。

影子很慢，但確實是朝沙灘的方向前進。

然後——

呀啊啊啊啊啊啊啊啊！

陡地昇起一顆巨大的腦袋，出現在海面上。

全身閃爍著微亮光澤的黑色鱗片，夕日被牠蠢動的身軀所遮蔽，沙灘忽然像是被夜晚的黑暗所籠罩。身體包裹在長滿突起物的堅硬甲殼中，牠用牠冷血細長的瞳孔，掃視海邊的觀眾。那一排排扭曲的尖牙，不斷滴垂著黏液。

海獸——弗列格斯特。

「魔、魔獸……！」、「海獸啊！」、「快逃、快逃、快逃、快逃啊！」

華麗的慶典會場在一瞬間，變成一幅悽慘的地獄繪卷。

「喔——天啊！那是什麼！海裡出現一頭凶惡的巨大魔獸！」

人們開始四處逃竄，主持人對著兩位解說員大喊：

「這不行了！我們也快逃吧！咦？啊咧？妳們兩位怎麼都那麼冷靜？」

梅和蘿賽琳像沒事一樣，始終都待在位置上。

「沒必要逃跑。」

「同意。」

「這、這是怎麼回事？」

另一方面，巨大的海獸滿意地望著陷入恐慌的人群。

恐懼吧！四處逃竄吧！就連慘叫聲都是我最好的供品。牠就好像是這麼說的般，嗜虐地揚起嘴角。

但是，魔獸弗列格斯特忽然停下了動作。那雙布滿血絲的細目，瞄向海上舞台——在那上面相對而立的兩人。

明明出現了兇惡的魔獸，那兩人卻視若無睹。倒不如說，都把彼此當作最大警戒對象，一刻都不容鬆懈。

換句話說，無視了牠。

為了表示牠強烈的怒意，弗列格斯特的身體染成了黑色。

「感覺那隻魔獸好像很生氣，真的沒問題嗎？」

「安心啦！」、「沒問題。」

羅恩看起來很擔心，梅和蘿賽琳卻異口同聲，平淡地答覆。

「因為他們兩位是『最強』啊。」

嘎嚕嚕嚕嚕嚕！

發出撼動天地的咆哮，弗列格斯特襲向兩位男女。

被分類為等級七的凶惡魔獸。如果被牠最大加速度的一擊命中的話，恐怕會連一根骨頭都不剩。

但兩人瞬間回頭看向衝來的海獸，表情絲毫沒有變化、異口同聲地說道：

「——別來礙事！」

爆炎。男子用魔具召喚出的劍一閃，海嘯般的火焰衝擊波，劈向魔獸。

凝結。女人揮動右手，隆起的海水變成數根巨大的冰柱，刺向魔獸。

『最強』二人的連擊，以壓倒性的衝擊力，瞬間刺穿擁有最高硬度的甲殼，徹底粉碎其中的核。

——……

也許還沒能理解，究竟發生了什麼事。

海獸弗列格斯特的意識，就這樣墮入黑暗中，身軀隨著揚起的巨大水柱沉入海底。

連牠的死都不屑一顧，兩人瞬間拉近彼此的距離。巨獸倒下將掀起巨浪，巨浪勢必會吞噬這座水上舞台，必須在那之前做個了斷。

「要上了！」

「來吧！」

巨浪逼近，飛濺出無數水花，兩人都衝了過去，試圖將對方推出場外。

阿格尼斯忽然急停下腳步。

「——怎麼了嗎？」

阿格尼斯一臉有所顧慮的表情，看著微微皺起眉頭的蕾法。

「妳……那個……」

「怎樣？事到如今，你求饒也沒用。」

「不、不是那樣……」

「那是怎樣？這種情況下，想討價還價也不行！勝利者是我！」

右手蓄滿魔力的同時，蕾法正要向前。然後——

「那個……衣服……透出來了……」

「……咦？」

聽了對方的話，蕾法反射性地朝自身瞄了一眼。

被海水濺濕的白色連衣裙，緊緊貼在身上。

顯現在溼透的布料上的是……蕾法那穠纖合度的誘人身形，以及布料面積明顯過少……真的非常少的……比基尼。

「感覺……那件……是買錯了嗎？尺寸也太小了……」

「不、不是……！這個……不是那樣啦……！」

陡然呆站在原地的蕾法，急忙用雙手掩胸，並用快哭出來的嗓音說道：

「就說不是那樣……」

少頃，近在咫尺的巨浪，將舞台完全淹沒。

＊＊＊

「今天真的非常感謝您，願意遠道而來。」

慶典結束，站在夕陽下的梅，禮貌地鞠躬致意。

送別的是埃斯基亞的兄妹。

被送走的是伊格瑪爾的公主和女侍從。

結果，舞台被巨浪沖毀，豐漁季的「最強」決定戰就這麼中止了。海獸出沒時，大部分的人也都遠離海邊避難去了，所幸無人傷亡。

雖然『最強』的二人，都平安從巨浪中逃了出來。但在那之後，不知為何蕾法想要一個人回去時，蘿賽琳盡力安撫住她，才有了現在的送別。

「最後……雖然感覺怪怪的……那個，我玩得很開心。」

就像是緩和氣氛般，梅先笑了笑，然後看了眼蘿賽琳。

「我會奉還回去的。」

「我很期待。」

眼看蘿賽琳輕描淡寫地低下頭，梅微微鼓起臉頰，拍了拍哥哥的後背。

「喂，哥也真是的。說點什麼呀！」

「啊啊，那個……」

阿格尼斯清了清嗓子，望向站在面前的蕾法。

怎麼說呢，一臉極度的不快。蕾法瞪大眼睛，低聲說道：

「你什麼也沒看見……是吧？」

「啊、啊啊……」

不知道是自然乾燥，還是用了某種魔法，蕾法的連衣裙似乎不怎麼透明了。但是被捲入互推相撲、消滅弗列格斯特等一系列活動，白色連衣裙已經很髒了。

加上受到海風的影響，白皙的肌膚上也黏著砂粒。

於是，阿格尼斯忽然意識到──

「那個……妳……難道……」

「……什麼？」

「啊……不……沒什麼……」

阿格尼搔了搔頭。

「總之，今天的勝負就先記著吧。」

「解散！今天就先解──散！」

踹了哥哥背部一腳的梅，強行插話結尾，送行的儀式就這麼落幕了。

在望著馬車離去的阿格尼斯背後，被浪衝濕的露西亞娜靜靜地站了出來。

「團長，那女人很強，實力深不見底。」

「……應該吧。」

「雖然不甘心，但我什麼都……什麼都做不了……」

「只要妳這麼想，妳就還會變強的。」

露西亞娜抿緊嘴唇，堅毅地抬起掛淚的面頰。

「……是的，我會變得更強大。」

景色暈上了昏黃的色調。

三人一邊聽著海潮聲，一邊目送馬車離去。

另一方面，在返回伊格瑪爾的馬車內，蘿賽琳問道：

「蕾法大人。」

「……怎樣？」

對於女侍從的叫喚，蕾法不高興地應道。

「不，沒什麼大不了的……」

「如果沒什麼大不了，就之後再說吧。我感覺有點不舒服。」

「這樣啊，我只是想說……連衣裙裡面的泳裝很適合您——」

「嗚嗚！」

蕾法驚訝地瞪大了她的藍色眼睛。

「妳、妳看到了？」

「是的，我從很遠的地方就看得一清二楚。但是我非常驚訝，您明明說過不喜歡，卻在清純的裝束下，穿著那麼大膽誘人的泳衣，然後還偷偷感到興奮。蕾法大人有這樣的癖好，真叫我傷心又開心。」

「住、住嘴！才不是這樣！」

「那是為何呢？」

被女侍從如此詢問的蕾法，有點害羞地垂下頭。

「因為，那是蘿賽琳徹夜縫製的。不穿……就太對不起妳了吧？」

「……」

感覺被虛刺了一擊的蘿賽琳，喀喀地微笑回答。

「十分抱歉，那是騙您的。只是把布料裁剪出適當大小，然後再縫合而已，只花了五分鐘就完成了。」

「不穿了！絕對不會再穿了！」

蘿賽琳愉快地看著被其惹怒的蕾法，然後轉換話題。

「比起這個，第一次約會感覺如何，蕾法大人？」

「糟透了。」

蕾法用悶悶不樂的聲音答道，然後不悅地撇過身去。

「約會才剛開始就扔下我，拜此所賜，還被一群奇怪的男人纏上。不過，魷魚串燒有點好吃。之後不知不覺，又變成了比賽互推相撲的窘境，到頭來還要應付魔獸。只感覺這是被詛咒了，這根本不叫約會。」

到底是哪種戀愛小說，會有和約會對象一拍即合的故事呢。

車窗外的大海逐漸遠去。

蕾法伸了個大懶腰，把身體支倚在椅背上，吁了口氣。

「……呵呵，那男的還拼了命地撈魚。真是個傻瓜。」

「真忌妒您啊。」

蕾法驚訝地看向忽然出聲的蘿賽琳。

「怎、怎麼了？」

「不，因為好久沒見過，帶著這種表情微笑的蕾法大人了。」

「──唔！」

蕾法困惑地眨了眨眼，她打開馬車的窗戶，遙望埃斯基亞的土地。

已經看不見海平線了，只有帶著鹹味的海潮餘香掠過鼻尖。

第4章 榭蕾絲湖畔會談

埃斯基亞共和國的邊境，作為防衛魔獸聚集地——魔境伊索姆尼亞的基地後方，有一位手持黑劍，盛氣凌人的男子。

埃斯基亞共和國「最強」的男人——阿格尼斯．萊斯特，離他稍遠的距離，有一塊巨人才抱得動的巨大岩石。額上滿是汗水的兵士們拿了根巨大圓木，運用槓桿原理來推動那塊大石頭。

「團長，這樣可以嗎？」

站在最前排的露西亞娜問道。

「那裡就行了，多謝。」

「是、是的，我們要後退了。」

士兵們與岩石保持距離。

將愛劍澤姆斯的劍鋒指向青天，阿格尼斯閉上眼深吸了口氣。

周圍的空氣，充滿靜寂與緊張感。

整頓呼吸。緩緩睜開赤紅雙目的阿格尼斯，將黑刃一字劈下。

——獄破斬。

大氣，迸裂！

似血般熾熱的塊狀物，從紅色的裂縫中噴發而出，渾如流星般散逸著熱風，朝大岩石飛進。那姿態就宛若肆虐的火龍。

轟隆！遭到熱塊直擊的大岩石，伴隨著爆破聲響四散開來。

「哇呼——！太厲害了！一擊就！這場賭注我們贏啦！」

「可惡！這塊岩石也不行嗎……改賭那顆！」

兵士們的讚嘆聲連連。

梅快步走近站在碎岩前的阿格尼斯。

「哥，我聽說了。士兵們在找大岩石，打賭您能不能一擊粉碎。這是在玩什麼啊？」

「不是玩，而是鍛鍊的一部分。打賭的話，大家都會很樂意幫忙。偶爾也想練一下大招，因為技巧複雜，在亂戰中比較難使用。」

「……鍛鍊？所以才去找大石頭？」

「嗯，不知道什麼時候，會再出現那種巨大魔獸吧。這叫有備無患！」

對得意地翹起大拇指的哥哥，梅目瞪口呆地嘆了口氣。

「真的是喔——算是另類的完美主義吧。希望您在戀愛上，也要那麼努力啊！一味鍛鍊肉體，難道不是在逃避相親的現實？」

「……怎麼可能。」

「啊，眼睛錯開了。」

「不是。我的目標一直是『最強』，因此鍛鍊是不可或缺的。」

「真的是很執著『最強』呢。」

當梅嘆了口氣時，阿格尼斯平靜地回答，也彷彿是在跟自己說。

「因為約定好了。」

「……約定？」

梅不禁反問時，發覺背後有人。

「阿格尼斯，此番情狀閣下還有這等閒情逸致，那件事的進展到底如何了？」

蓬鬆的褐色捲髮，細長的眼睛，身穿胸前刻印著兩把交叉的劍的鎧甲，披著的紅色斗篷迎風飄揚，看起來英姿煥發的那人，用低沉的嗓音說道。

梅驚訝地叫出他的名字。

「拉爾夫大哥……」

「──你這渾小子，到底在想什麼？」

埃斯基亞共和國，歷代元首輩出的名門──萊斯特家的長男，現任正規軍的將軍拉爾夫．萊斯特的聲音，響徹了基地的每一個角落。

坐在辦公桌後的拉爾夫眼前，阿格尼斯直挺挺站著，縮在房間一隅的梅，則不安地望著兩位哥哥。

「阿格尼斯！你這小子的任務是透過相親來攏絡『冰結姬』，並讓國家處於有利的狀況下結盟。儘管任務傍身，相親卻中止了，這你如何解釋？」

帶有壓力的音色，阿格尼斯用力撓著脖子。

「那應該是不可抗力吧……」

「少說無謂的藉口！」

拉爾夫惡狠狠地盯著阿格尼斯，隨後轉向站在角落的梅。

「梅，這妳也有責任！」

「……對不起。」

「大哥，不關梅的事。」

「叫我的職稱，你叫我哥哥是對我的汙辱。」

拉爾夫用右手大力槌向辦公桌，厲聲說道。

桌面生出一絲、一絲的裂痕，不可言喻的緊張感，逐漸脹滿整個空間。

「……果然，對像你這樣的人來說，這次任務的責任太大了。叔父大人究竟為什麼會答應，這種莫名其妙的同盟條件。」

拉爾夫按著太陽穴，深深地嘆了口氣，然後降低音調說道：

「聽好了，西方強國吉爾甘迪亞帝國的威脅，比想像中更急迫。上面認為必須盡快與伊格瑪爾結盟。話雖如此，但北方蠻族也不可能和我們平起平坐。只要你壓制住對方的最大戰力『冰結姬』，之後的談判就可以占盡優勢來進行了。不過──」

坐著的拉爾夫的冰冷視線，彷彿是俯視著站著的阿格尼斯。

接著他從懷中掏出一封信件，扔到阿格尼斯腳邊。

「莫非，你反倒被對方攏絡了？」

「……？」

阿格尼斯沒有說話，撿起了那封信。

打開信封，裡面裝著像信的紙。

──非常感謝您，前些日子邀請我們參加聖多基亞的豐漁祭。我們十分高興能認識這些豐富多彩，且饒富趣味的景致、食物和文化。謹此致謝。

散發著異國香味的信紙上，是流利的文辭。

「這是……？」

「這是經由神聖教會，從伊格瑪爾送來的信件。馬拉多利亞終於重建完了。」

拉爾夫不帶感情地回答時，豎起了兩根指頭。

「問題有二。首先，我不知道邀請『冰結姬』到埃斯基亞這件事。梅，是妳的主意嗎？」

「因為相親中止了，想說約會應該沒問題。我本來打算見到拉爾夫哥哥，再和您報告的……」

「我應該說過，別找藉口了吧！沒想到……會讓蠻族踏上我國的領土。」

拉爾夫的右手再次重擊桌面，梅嚇得哆嗦了一下。

「……哼！不過，算了。邊陲的港口城鎮，也不足以探知我們的內情。如果最後能拿下對方的話，這倒也不算是個問題。再來，另一個問題是第二封信。」

阿格尼斯翻出第二張紙。

——因此，為表達謝意，我們盛情希望您務必蒞臨本國。六月底正午前，我們會在榭蕾絲湖畔的宅邸，恭迎您大駕光臨。蕾法・艾爾朵麗塔。

看來這是一封邀請函。

阿格尼斯還在讀信時，拉爾夫眼神銳利地看著他。

「阿格尼斯，北方的蠻族恐怕跟我們一樣，也想拉攏你。他們是心眼很多、擅長陰謀策畫的國家。要是隨便前去，說不定會被守株待兔的女人們使花招攏絡。如果有必要，她們會使出女人的武器。」

「女人的武器？」

就在這時，梅紅著臉大叫：

「阿格尼斯哥哥才不會被那種花招給吸引！就算結婚了，哥哥的貞操也要由我來管理！」

「梅……妳剛說的話，不覺得有些荒唐嗎……？」

「給我閉嘴！」

強烈的威壓感，緊縮了現場的空氣，拉爾夫拿起阿格尼斯手上的信。

「在問你呢，阿格尼斯！你意下如何啊？我想應該是不會吧，因為拜倒在『冰結姬』石榴裙下，而被對方攏絡！」

「我……」

阿格尼斯想起伊格瑪爾公主的臉容。

那如冰鑿就的夢幻般美貌。任何人都難以接近，絕世而獨立。是凜然、高貴且孤高的存在。然而，這樣的一個女孩，有時也能見到她平易近人的一面。

同時想起的，還有更早之前——

「喂，阿格尼斯！」

當名字被叫喚時，阿格尼斯才注意到，並抬起頭來。

「哥……不，將軍。這是任務，與我的主觀絲毫無關。」

「哼，正確的理解。問題的答案，只有成功或失敗，能否讓那個邪惡的『冰結姬』，成為你的俘虜。」

「當然會成功。只不過——」

「只不過？」

「『冰結姬』她──我覺得她並不是壞人。」

紙張撕裂的聲音。

拉爾夫將伊格瑪爾的信，撕成了一張張碎片。

「啊！撕破就看不了了啊，大哥！」

「不是說過，別叫我大哥嗎！稱讚伊格瑪爾的愚民這種事，你是不是快迷上她了？所以啊，我一開始就持反對意見，如果將這事情交給你的話，最後絕對會讓這個國家，陷於水火之中啊！」

「…………」

兩人之間的緊張情緒，瞬間高漲。

從房間角落，忽然傳出一聲譴責。

「是拉爾夫大哥不好。」

「……妳說什麼？」

「因為，撕毀信件是很失禮的行為。」

「這是陷阱，我不會眼睜睜看著飛蛾撲向燭火。」

「沒這回事！雖然『冰結姬』起初給人有點恐怖的印象，但我覺得她並不是那麼壞的人。」

阿格尼斯誇張地聳了聳肩。

「梅，妳也是！你們到底是怎麼回事？忘了『冰結姬』一人，就把我國的軍隊給全軍覆沒了嗎？」

「是這樣沒錯……」

「遇上『冰結姬』的士兵們，全都被烙印下深深的恐懼，再也上不了戰場。她是一個明確的威脅。」

「那我也說句話吧，這次的和親，是關係到兩國同盟的重要活動吧。但是，為何完全沒有高層的支援，相親時也只有年輕的外交官。置之不理的你，不要突然跑來說這種話。」

「我理解帝國的威脅，以及和伊格瑪爾王國協議的必要性。但是，並不是所有人都能接受和多年敵視、輕蔑的對手結盟。甚至，還有想搗亂的人。元老院也不是那麼團結。正因為如此，我才會把這件事，交給遠離國家中樞的你們。我只能以一定會在有利的狀況下，進行結盟來說服反對派。」

梅直截了當地，對著低聲訴說的拉爾夫說道。

「遠離中樞？倒不如說，是您刻意安排的吧？」

「……是。」

拉爾夫從椅子上站起，發出陣陣腳步聲，站到了阿格尼斯身旁。

然後拉起阿格尼斯的上衣。露出的側腹，有一道像是皮膚拉扯般的燒傷痕跡。如同蚯蚓爬行在表皮上的焦痕，讓人聯想到六芒星。

「妳說得沒錯。這傢伙是萊斯特家族，被刻印下詛咒的災厄之人。即使在邊境也能好好活著，只要能為國家做出貢獻，就該謝天謝地了。」

「拉爾夫大哥！」

「梅，冷靜點。」

阿格尼斯伸手擋住了梅，轉身面對拉爾夫。

「衣服被掀起來很冷耶。」

「……哼！」

拉爾夫甩開衣襬，鮮紅的斗篷一揚。

「聽好了，不准去伊格瑪爾，今後的相親事宜由我控管。這是上級命令，聽懂了嗎？阿格尼斯．萊斯特——上尉。」

辦公室的門，以極大的聲響閉上，堅實的腳步聲，消失在走廊的深處。

梅以悲傷的神情，看向被撕成碎片，扔在地板上的信函。

「哥，怎麼辦？暫時沒辦法和『冰結姬』小姐見面了。」

「啊——去不就能見到了。」

「去、去哪？大哥不是說不准去？您反而要去！」

「不，既然對方答應了我們的邀約，我們也該回應對方的盛情，這才合乎禮數吧。」

「是嗎……是沒錯……但國境是拉爾夫大哥掌管的，我覺得不可能放任我們通關。依我的力量，恐怕很難找機會鑽出去。」

「只要從伊索姆尼亞魔境過去就行了。」

穿越平原深處，一路往北走就會抵達伊格瑪爾。那裡是兇惡魔獸的聚集地，應該不會監視到那裡。

「果然是這樣呢……」

「如果妳不願意，我可以一個人去。」

「不可以！您一個人去伊格瑪爾，有很多層面及意義上的危險，我一定也得跟著。因為……我是哥哥的監護人！」

梅喋喋不休地說著。她盯向阿格尼斯的側腹，把手掌放在疤痕上。

「喂，哥……我永遠……都會站在哥哥這邊的。」

「我知道啦！」

阿格尼斯把手放在梅的頭上，溫柔地撫摸著。

＊＊＊

伊格瑪爾國王都的南方。

在一間磚造屋中，身穿女侍從裝的蘿賽琳，探向其中一間房間說道：

「蕾法大人，我有件事想告訴您……嗯——您在做什麼？」

「啊！蘿賽琳，妳來得正好。」

伊格瑪爾「最強」的魔術師蕾法．艾爾朵麗塔，身上穿了件完全覆蓋住脖子以下的漆黑長袍，回應女侍從道。

蕾法的面前，有一灘滴著黏液的青黑色物質在蠕動著。房間內瀰漫著紫色的煙，強烈的臭味刺激著鼻腔。

蘿賽琳一邊捏住鼻子，一邊走向蕾法。

「新魔法的研究？這是使用毒藥來觀測的魔法嗎？不愧是蕾法大人呢。如果是普通人，只要確切地聞到這股味道，想必就會立刻暴斃而亡。」

蕾法驚愕地瞪大眼睛，小小聲地回道：

「蘿賽琳……我在做料理……」

「……我就是這麼想的，嗯嗯。當場暴斃而亡是指升天，所謂的毒藥和藥也僅僅是一線之隔。一旦吃了這個，就如同靈丹妙藥一樣，所有的病痛都消失了，同時也能品嘗到至高無上的快樂。」

「感覺妳……越來越會睜眼說瞎話了……」

蘿賽琳巧妙地掐住鼻子問道：

「所以，您為什麼要做料理呢？我煮的料理不合您的胃口嗎？」

「不是那樣啦，蘿賽琳的料理很好吃。但是，我覺得只要我認真起來，也能做出美味的佳餚。」

「認真……」

蘿賽琳看著躺臥在砧板上，蠢蠢欲動的神祕物體X說道。

物體X突然逃跑了！

「逃跑了！蕾法大人！」

「哎呀，不好了！」

蕾法瞬間把那物體凍住，拎著它的邊邊，扔進滿是漆黑液體的大鍋中，發出宛如撕裂空間的惡魔嘶喊。女侍從裝作沒聽到的樣子，繼續提問：

「蕾法大人，您究竟為何要做料理呢？」

「是為了招待客人。我認為身為主人，親手負責料理是種禮節……」

「啊……」

蘿賽琳拍了下手，但那瞬間不小心把手從鼻子上拿開了，咻地吸進一大口。

「哎呀，感冒了？沒事吧？」

「嗯，或許……也就是說，蕾法大人想要用自己親手做的料理，來招待受邀的埃斯基亞男人。」

「唔、嗯……」

與其說是圍裙，不如說是穿著黑魔導士長袍的蕾法，低垂著腦袋點了點頭。

但，和她可愛的行為截然不同，背後的大鍋開始如地獄的熔漿般，不規律地沸騰。

「這可能會再次引發戰爭……」

「嗯？妳說什麼？蘿賽琳？」

「沒事……。確實，擅長料理是讓男人陷落的要點。自古就有『要抓住男人的心，就得先抓住他的胃。』這句俗諺。」

「是呀，就是這樣。」

為了讓自己信服，而不斷點著頭的蕾法，蘿賽琳尖銳地叮嚀道：

「不過，您心情愉快是很好，但始終不要忘了，我們的目的是攏絡埃斯基亞『最強』的男人，有利地進行同盟談判。」

「沒、沒什麼好高興的，這是一齣用料理來引誘敵人的深遠作戰。只要吃了這個，怎樣的男人都能一招解決。」

恐怕在物理上是正確的，蘿賽琳是這麼想的，但她沒說。

不知是不是對成品頗有信心，蕾法輕快地哼著歌，把雞蛋打進鍋中攪拌攪拌，然後將像是墨汁般的黏稠液體，舀進了兩只碗裡。

「那麼，要一起吃嗎？」

「咦？」

「沒關係，不用客氣。我可不會冷漠到連妳的份都沒準備喔。」

「不……那個……」

「而且妳看，也需要先試試味道，為正式演出來準備吧？」

這是試毒，不會錯的。蘿賽琳硬生生吞下這句話。

蕾法面帶羞澀的笑容，遞過來的碗內，散發出感覺不是來自這個世界的腐臭味。

「……蕾法大人，這究竟是什麼料理呢？」

「呵呵，這是添加原創香料的黑熔岩湯，食材有充分川燙過的曼陀羅花。」

「曼陀羅花……是一種常用來研究魔法的植物吧……？」

「嗯嗯。傳說啊，聽到曼陀羅花被拔起時的尖叫聲，會在三天三夜嘗盡地獄的苦痛後死去。」

「這麼說……請等等！這我才剛聽說啊！」

「蘸上醋來吃，一定不會有問題的。這可是用貴重的研究材料，精心調製而成的奢侈料理。機會難得，讓我們開心享用吧。」

「我開心不起來……」

蘿賽琳深深地嘆了口氣，將湯匙放入碗內，舀起裡面的「食物」。她和同樣拿著湯匙的蕾法對看了一眼，然後嚥了口口水。

一點點的話，應該不會有問題。大概、恐怕、希望是那樣。蘿賽琳對自己的內心喊話，於是她戰戰競競地伸出舌頭，舔了舔湯匙的一端——

時間——停止了。

剎那即永恆；永恆即須臾。

如橡膠般被拉伸的時間，不久即以迅猛的後勁逆行。

異變在那之後立刻襲來。

冷汗如泉水般湧現，渾身打顫，彷若身臨地動。

惡寒、噁心、戰慄。

好冷，體內的核心都要被凍僵了。

生著黑色羽翼的墜天使自地底而來，一邊在蘿賽琳身周歌頌詛咒的讚美歌，一邊歡愉地飛舞著。

漸漸遠去的意識，被溢出的幾道黑色光芒所吞噬，不消多時即匯聚成一股巨大的洪流，帶走了蘿賽琳的肉體。

巡遊走馬燈。

童年的回憶、盛開的花田，打破花瓶被母親責罵的那一天。

那時真是抱歉，媽媽。

那是令人想哭的藍天。

撫過身體的香風；母親溫暖的手。

那一刻，蘿賽琳切切實實地看到了。

那是——理想鄉。

——

——

…………

數分鐘後，廚房裡的兩人發出嘶啞的聲音，直接攤倒在位置上。

幻化出許多層次的視野中，蘿賽琳氣喘吁吁地說道：

「蕾法大人……餐會的……料理……我會……替您……準備……的……」

「嗯、嗯……就拜……拜託妳了……」

倒伏在一旁的蕾法，嘴邊滴著青色的黏液，無力地回答。

「話說回來……蘿賽琳……妳不是……有事找我……嗎？」

「啊啊……是的……王宮那邊通知說……伊莎貝拉大人……想見蕾法大人……」

「——！」

看起來像是半死人的蕾法急忙起身，一臉緊張地喃喃道：

「……伊莎貝拉姐姐嗎……？」

伊格瑪爾的王都芬里爾，位於崇山龍嶔所環繞的盆地中。可以說是擁有天然屏障的堅固都市，王宮的堂皇可見一般。

一重又一重莊嚴的尖塔；一件又一件精美的壁飾。由帶有透明釉色的藍磚，所堆砌成的堅固城牆，一入夜就會發出淡淡磷光，樹立出一種神秘感吸引著國民們，同時展現出王族的神性威儀。

共有七座相同構造的宮殿，呈螺旋狀配置，包圍著國王的寢宮，並由一到七依次命名七座宮殿。

其中最靠近王宮的一之宮的走廊上，飄盪著桃紅色長髮的「冰結姬」快步走著。以往走慣的路，但是現在——

「咿！」

「是冰公主！」

「她來做什麼呀……？」

宮廷內，處處都能聽到種種耳語。有的人嚇到落掉了手裡的文件；有的人鐵青著臉向後退；有的人恐懼地站在遠處觀望。

「……」

蕾法一言不發地瞟了他們一眼，宮中的吵雜聲瞬間止息。

好似一開始就不存在的寂靜，壟罩著昏暗的長廊，但還是有擾人的視線黏在背上。

蕾法徑直走到最裡面的房門前，然後推開門。

「請問您找我有何貴事？伊莎貝拉姐姐。」

房間十分寬敞，滿室的甜膩薰香令人喘不過氣。

悠閒地躺在皮革沙發上的女人，用她手中的細長管子散播著薰煙。

「歡迎，蕾法。妳過得還好嗎？偶爾想和可愛的妹妹說說話呀。妳住的地方離王都很遠，所以我很擔心妳會不會有什麼事。」

右邊是翡翠、左邊是琥珀，左右眼不同色的異色瞳。如瓷器般白皙的肌膚，血色的唇瓣叫人印象深刻，女人有著令人畏怯的絕世美貌。

伊格瑪爾王室的嫡長女，第一王位繼承人——伊莎貝拉·艾爾朵麗塔。

伊莎貝拉的四周，有許多位俊美的男僕，手中拿著羽毛扇替她搧風。背後也有正幫她按摩肩膀的男僕，以及隨時準備遞出菸灰缸的男僕。與宮中其他人不同的是，他們似乎看不到蕾法，甚至神情有些恍惚，完全只為了讓伊莎貝拉開心，而盡心盡力地服侍她。

「我沒有什麼好說的。」

伊莎貝拉看著回答得有些僵硬的蕾法，將煙管放到菸灰缸上。

「哎呀，真抱歉啊。在這種狀況下很難說話吧，是我思慮不周。」

然後，她優雅地揮了揮手，示意他們離開房間，僕人們便依依不捨地離去。

「好了，這樣就可以了吧。好久不見了，讓我們來享受女人間的悄悄話吧。」

伊莎貝拉喀喀笑著，從沙發上彎起身子。

「喂，妳和埃斯基亞的『獄炎帝』的相親，進展如何呢？」

「沒什麼……很順利……」

「哎呀，這不是很好嗎！『獄炎帝』是什麼樣的男人？長得帥嗎？埃斯基亞的男人都是頭腦簡單的傻瓜，但如果是好男人，可就另當別論了！」

「那個……」

蕾法的腦海裡，浮現出阿格尼斯的種種作為。

初次見面就是殺意滿滿的斬擊。用頭槌撞破桌子。把聖多基亞慶典的互推相撲，當作一決高下的認真比試。

「嗯……說傻是挺傻的。」

「是嗎？真遺憾。」

「──不過……」

「不過？」

「人倒是……不壞……」

伊莎貝拉一聽，掩著口笑了起來。

「哎呀、哎呀，妳這樣可不行呀！這次的相親，說到底是為了帝國的威脅，所採取的政治策略。竟然讚揚埃斯基亞的男人，妳是不是反倒對他傾心了？把數十、數百位男人玩弄於指掌間，可是身為女人的基本器量。」
「才、才沒有……喜歡他什麼的……」
「相親不是很順利嗎？」
伊莎貝拉的唇忽然上揚。
「什麼呀……」
「我知道的唷。已經中止了吧，相親。妳根本完全不行啊。那之後還去了埃斯基亞約會是吧，結果還不是像個傻瓜一樣。」
「那是……」
呆立著的蕾法的白皙面容，幾乎便得更加蒼白了。
「喔呵呵！那麼，這次換作埃斯基亞的男人來這裡嗎？要是讓他吃下妳親手料理的餐點，同盟可是會當場廢除喔！啊哈哈！喔呵呵！」
「……如果您是特地把我叫來取笑的話，我要回去了。」
「哎呀，好恐怖的表情喔。不過，還請注意一下妳的措辭呀。雖說是同父異母，但妳可別忘了，我一方面是妳的姐姐，也是正統的第一王位繼承人喔？既然妳要我說，那這就是我想告訴妳的，說出這種愚蠢回覆的妳，只需要好好記住這件事就行了，」
伊莎貝拉像尊人偶般，冷漠地瞧著妹妹。
「妳不可能讓男人為妳傾倒。永遠不會有人愛妳，妳只會是一個人。」

「…………」

蕾法默默地握緊拳頭，冷空氣吹入房中。

銳利的冰柱，從四面八方緩緩逼向伊莎貝拉。

「呵呵，難道妳想攻擊身為姐姐的我嗎？妳打算像妳母親一樣，又要從我身邊奪走重要的人、事、物了嗎？喂！」

伊莎貝拉睜大了她的異色瞳，死死盯著蕾法，絲毫不在意逼近的威脅。

「……」

蕾法咬著唇，冰槍也旋即消散。

一切就像什麼都沒發生般，伊莎貝拉如此宣布道：

「妳不可能幸福。我也不會讓妳幸福，絕對！」

「失陪了。」

蕾法腳踵一旋，推開門。像是要甩掉追來的嗤笑般，雙足疾走在長廊之上，一手按著火燙燙的額頭。

總是如此，一到這裡就會撬開當時的記憶。

大概就是因為這樣吧。此時不知為何，蕾法非常想見那位率性的埃斯基亞男人。

望著敞開的大門，伊莎貝拉妖嬈地微笑著。

「啊——真有意思。記住吧，妳沒有同伴，一個也沒有！」

她說完這句話，拿起了放在煙灰缸裡的煙管。

「妳可以走了。」

內室的窗簾後方，有道單膝下跪的人影。

伊莎貝拉用艷麗的聲音，對那位身穿女侍從裝、戴著眼鏡的人說道：

「今後妳也要向我繼續報告，各式各樣有趣的事喔，蘿賽琳。」

「……謹遵吩咐，我的主人。」

「把妳從暗部調來是正確的，可沒有看過這麼有趣的餘興節目。」

伊莎貝拉帶著笑意，看向恭恭敬敬低著頭的女侍從。

然後，她就像個計畫著殘酷惡作劇的孩子般，喀喀地笑了笑。

「對了，我想到個好主意了。要是我先搶走『獄炎帝』的話……那女孩又會是怎樣的表情呢？」

＊＊＊

一匹快馬，正奔馳在埃斯基亞邊境處的伊索姆尼亞魔境。

「哥，從右邊來了。」

「了解！」

坐在梅前面的阿格尼斯揮動右手，產生出的灼熱衝擊波，將襲來的像巨型螳螂一樣的魔獸烤成了焦炭。

平原上遍布的魔獸屍骸，彷彿指示著兩人走過的道路。

「熱起來了。喝水，梅。」

「說得倒輕鬆，剛魔獸才從四面八方襲來咧！」

「還有段距離吧，喝口水沒事的。」

「唉……哥，您走在這條死亡之路上，怎麼還能如此淡然呢？」

從背後緊抱著他的梅，此刻才如此問道。

「嘛，我從小就在這混了，就跟逛花園一樣。」

「當我沒說。」

「確實也差點死過一次，如今想來……真是段美好的回憶。」

「您能不能別這樣瞇著眼睛，懷念起差點死掉的回憶？」

阿格尼斯仰首望向藍天，背後傳來梅微慍的聲音。

那是什麼時候的事了。

總之就是為了變強，而躍躍欲試的時候。太過深入平原深處，遇到強大的敵人，不小心身受重傷。雖然後來設法解決了對手，但意識也模糊了。

當我醒來的時候——

——那個燒傷，不會痛嗎？

耳內深處忽然復甦的聲音，和聖多基亞的海潮聲重疊在一起。

騎著馬的阿格尼斯，摸了摸自己的側腹。

那塊如黑色六芒星般的燒痕，是萊斯特家的男孩，在十歲左右鮮少會出現的刻印，有此刻印的人會帶來嚴重災害。

從前這是如傳說般的刻印，真正感到威脅，是來自曾祖父那一代。

據說祂也有同樣的印記。曾祖父原本是被眾人所仰慕的騎士，但某一日卻忽然暴走，將目擊者一一斬殺，化為殺戮的化身。最後，全家族的人一齊討伐了祂，而祂的存在也被傳統名門萊斯特家，從此埋葬於黑暗中。

阿格尼斯握著脖子上的吊墜。

——詛咒的刻印嗎……

「哥哥，魔獸來了！」

「好！」

以超越人類想像的速度，爬行過來的魔獸群，被阿格尼斯一刀斬落。

二人乘著馬一路向北，筆直地朝伊格瑪爾前進。

針葉樹林立的森林。在目視可直透湖底的清澈湖畔邊，蕾法擔心地來回踱步。

「……還沒來嗎？蘿賽琳？」

「似乎還沒。」

「妳確定信有送到？」

「教堂那邊說了，確實有把信轉寄到埃斯基亞了。」

「難不成……迷路了……？」

「以榭蕾絲湖為目的地的話，路線應該並不複雜，因為這座湖很大。」

「可能在來的途中……吃壞肚子？」

「您先就坐吧，蕾法大人。」

蘿賽琳扶著蕾法的肩膀，引導她坐在湖邊的長椅上時，從森林中傳來馬的鳴叫。

「來了！」

蕾法像是彈起來似地站了起來，立刻又像是重新思考了什麼般坐了下來。自尊心不允許這般浮躁的模樣讓他看到。

當埃斯基亞的兩人抵達時，蕾法是仰躺在長椅上。

「讓妳久等了。」

瞧都不瞧從馬背上下來的阿格尼斯，蕾法正悠哉地翻著書。

「……這麼說來，約好是今天吧。不小心都忘了呢，因為我忙著讀書。」

面對她漠然說道，阿格尼斯搔了搔腦袋。

「在樹蔭下看書，真是優雅啊！那個……『絕對成功、實用到不行的戀愛技……』」

「不、不是！不對，這是幻覺魔法！」

在阿格尼斯還在唸著書脊標題時，蕾法火速說完，然後把書扔進湖裡。

糟糕，我隨手就拿了那本書。幸好「獄炎帝」似乎只有一臉不可思議，並沒有注意到。

隨後下馬走在阿格尼斯旁邊的梅，先是撣了撣灰塵，再低頭說道：

「蕾法小姐，承蒙您今日盛意邀請。真抱歉，這副灰頭土臉的樣子，我們可說是拚了命過來的。」

「……拚了命？」

梅的視線，移向疑惑的蕾法身旁。

「上次多謝了，蘿賽琳小姐。」

「歡迎各位大駕。」

蘿賽琳無可挑剔地鞠躬，並將右手垂向右方的森林。

「好的，膳食已經準備好了，請移駕此處。」

「——唔哇，好厲害！」

似乎是蕾法的別墅，一棟煉瓦磚造宅邸的三樓，有著能同時眺望森林與湖泊的陽台。橡木桌子上鋪了件奢華花邊的桌巾，桌巾上擺著五顏六色的餐點。

使用大量野菜和藥草的沙拉，烤得渾圓飽滿的香草麵包。佐茄子、西紅柿的肉醬糜還有添了火腿、奶酪的胡蘿蔔沙拉。既有南瓜排骨牛奶湯、石鍋燉菜，也有包著白肉魚和根莖蔬菜的肉餅，以及撒上麵包粉酥炸而成的雞肉塊。餐盤中盛著一道道美食佳餚。

或許，伊格瑪爾料理的特點是大量使用香草，每件器皿上都撒上大量切碎的香草，散發出叫人食指大動的醇香。餐桌中央擺上了季節性花卉，銀燭台上的大概是魔法蠟燭，燃燒著如夢幻般的青白色燭光。

面對琳琅滿目的款待，梅雙眼發光、雙手合十。

「好厲害，看起來很好吃！這該不會……是蕾法小姐親手料理的吧？」

「是、是呀！對我來說，這種程度根本小菜一碟。嘛……蘿賽琳她……也幫了我一點點忙。」

「……是的，我只幫了您一點點忙。」

不知為何，女侍從降低了音量，但確實有很多少見的料理。與純然感到開心的梅相反，阿格尼斯的心中蔓延出一片寒意。蕾法不僅是厲害的魔術師，廚藝也輕輕鬆鬆超越了宮廷料理人。

「唔……」

「為什麼咬牙切齒的呀，哥哥？」

「啊，沒事……」

總之先坐在梅旁邊。

大家都向精靈禱告後，便開動了。

「好好吃！」

每吃一口，山中就迴盪著梅的讚嘆。

「這是什麼啊！這！表面酥酥脆脆，裡面綿綿滑滑，在刺激的香草和香料中，隱含絲絲甜味。從牙齒、舌頭一路到喉嚨底，都留下了幸福的餘韻，恰到好處的美味三重奏。組織在口中的絕妙搭配，絕對是交響樂級別。反而更叫人想弄清其中，那隱隱約約的美妙滋味。真是太棒了！我還是頭一次吃到！」

「……梅，用餐要安靜。」

「因為太好吃了，沒辦法嘛！戰場上，絕對吃不到這些美食。和哥哥在一起的時候，都是些只會火烤大蜥蜴、雜草燉湯之類東西的傢伙。」

蕾法笑瞇瞇地看著一口又一口，把食物送往嘴裡的梅。蒼藍的眼眸，忽然轉向阿格尼斯。

「那個……覺、覺得如何？」

瞬間飄來的緊張感。

但，無法對誠實的感想撒謊。

「……很好吃。」

「真不好意思，林中的鳥兒太吵了，我聽不太清楚，可否請你再說一遍呢？」

「唔！」

緊握拳頭的阿格尼斯吁了口氣，咬牙說道：

「很好、好吃！」

「……呵，呵呵呵！哈哈哈，是嗎！這樣呀！很好吃是吧！會養成習慣吧！你會想準時回來吧！你大可盡情享用眾多的『最強』料理！」

「唔！」

看著握緊拳頭的阿格尼斯，蕾法彷彿贏得勝利般高聲大笑。

「蕾法大人。」

蘿賽琳附耳叮囑坐在身旁的「冰結姬」。

彷彿在說茶葉用完了，所以要去倉庫取一些過來。蕾法頷首，蘿賽琳起身說道：

「請繼續享用。」

在只有三人的餐桌，梅滿意地摸著肚子。

「不，真的是呀！實在太好吃了！蕾法小姐，可以拜託您一件事嗎？」

「什麼事？願聞其詳。」

看起來心情很好的蕾法，落落大方地表示。

「可以的話，請告訴我製作方法，尤其是這道綠色的幕斯。」

雖然蕾法的表情，有個瞬間定格了一下，但旋即恢復原本的容貌。

「嗯、啊，那道呀……」

「我只知道您用了蛋、糖還有磨碎的綠豆，但其它的就不太清楚了。啊哈哈，不好意思，問了那麼低級數的問題。」

梅害羞地把手按在額頭上。

蕾法的手指，放在她形狀完美的下巴上沉思著。

「嗯……要指點的地方有很多，無法簡單用一句話概括。」

「嘛，也是呢……想必製作手續很複雜吧。那麼，至少能請您告訴我材料嗎？」

「那也是……那個……」

「材料也不行嗎？」

「不……以我的水準來說，材料幾乎都是憑感覺現場來揀選的。東摸摸、西瞧瞧，然後啪地就作出來了，所以我也不太記得作法。」

「哇啊，簡直是料理的天才！那真是太可惜了啊。」

「真是抱歉，依我的才能也很難再重現這道料理，無法讓世人們的胃都有幸能品嘗到……」

不知為何降臨的沉默。

為了打破沉默，梅用開朗的聲音說道。

「那麼，那至少再來一份，好嗎？我想讓舌頭多記住一些再回去。哥哥也想多吃點吧？」

「妳該不會是故意的吧？」

「咦？」

「啊，沒事。我知道了，那再來一份吧，還有很多。」

蕾法匆匆離開座位。

──這是一個危險的地方。

回到廚房的蕾法，擦了擦汗水。

這次的料理都是蘿賽琳準備的，只負責遞盤子的蕾法，當然不知道製作方法。只想要再吃一份的話，應該還有剩。

但是，蕾法看了看放幕斯的架子，驚呆在原地。

沒有。

應該還裝有剩下幕斯的盤子不見了。

不只如此，其它料理也都收拾得一乾二淨。

「怎、怎、怎、怎、怎麼會？」

焦躁的蕾法，像在尋求幫助似地左顧右盼。發現烹飪台上放著一張紙，大概是設想了這種情況的蘿賽琳，把製作方法寫下來了吧。

「不愧是蘿賽琳呀！」

她急忙拿起紙條，上面斗大寫著。

——請自立自強。

「那、那、那、那女孩！」

因為把她花了三天時間準備的料理，說成是自己做的，所以鬧彆扭了嗎？雖然這樣確實不太好，但總之現在得先解決眼前的問題。握著紙條的蕾法心生一計。

或者說也沒有其它辦法，還是去倉庫叫蘿賽琳吧。無論如何，這樣下去也解決不了問題。

正要離開廚房的蕾法，忽然停下腳步。

——妳不可能讓男人為妳傾倒。永遠不會有人愛妳，妳只會是一個人。

腦海中響起伊莎貝拉的話語。

是，其實我知道。

拿別人的料理來炫耀……也沒有意義啊……

還是想讓他……說出我親手做的料理很好吃！

「……」

蕾法的喉嚨哽咽了一下，緩緩拿起廚刀。然後——

「——讓妳久等了。」

單手端著餐盤的蕾法，走上了三樓的露天陽台。

「不好意思，幕斯已經沒了。改品嘗這個如何？」

將盤子遞向埃斯基亞兄妹。

紫色的泥狀物體，散發出強烈的刺鼻氣味，梅不安地悄聲道：

「那個，是發酵料理……嗎？」

「嗯……算是吧……就是這樣。」

「哥，這是這地方的珍饈吧？」

「嗯？」

阿格尼斯徒手掐起盤中料理，放進口中。緊接著——

「嗚！」

口腔內爆發出破壞性的刺激，舌頭麻木。

——莫非是——毒殺？

他搗著嘴看向蕾法，她的表情明顯呈現出狼狽和焦躁。

「弄、弄、弄錯了！這是寵物石像鬼的飼料！寵物石像鬼的喔！」

「哥，沒事吧？」

「嗚哇哇哇啊！」

沒有理會試圖遮掩的蕾法和前來關心的梅，阿格尼斯低吼了聲，不是吐出來而是吞了下去。

「你……吃了……嗎？」

雙手捧在胸口的蕾法，看了看呼吸急促的阿格尼斯。

「沒……沒事吧……？」

「……嗯，雖然味道有點奇怪，但還不錯。」

「不……錯？」

「不，剛才的料理也很好吃，只是在這道料理中，我感受到了對石像鬼的愛。所以覺得吐出來不太好，雖然味道有點獨特……。」

「…………」

蕾法的藍瞳睜大了，不知何故面頰上泛著紅暈。

冰結姬望著空盤，低聲說道。

「謝、謝謝……你……」

「不，我吃了石像鬼的食物，不好意思。那是傳說中的生物，要好好珍惜。」

「咦？嗯、嗯，我、我來收拾盤子……」

蕾法回答時，移開了看向阿格尼斯的目光。然後這次連脖子都通紅了，像是逃跑似地走下樓。

「說不定……」

望著蕾法離去的背影，梅喃喃著看向阿格尼斯。

「做得不錯嘛，哥！剛才得了高分呀！」

「……是這樣嗎？」

「你果然不是裝的吧……」

阿格尼斯撓了撓頭。

「應該說有裝吧……。雖然吃進嘴裏的時候，衝擊是挺大的，但馬上就知道是親手做的，給予尊重才是禮貌。而且料理中感受到的愛，是貨真價實的。」

「……」

「怎麼了，梅？」

「……您這天生的女性殺手。」

「啥？」

「什麼事都沒～有。」

梅托著腮仰望天空。

「感覺看著你們兩人，就會想到自己做了多少多餘的蠢事……」

當她說這句話時，陽台傳來女侍從的聲音。

「抱歉，久等了。茶已經準備好了。」

蘿賽琳帶著臉紅的蕾法，環視大家後說道。

「離太陽下山還有段時間，用完茶點後，要不要一起散散步呢？」

斜落的太陽，斜照著波光粼粼的湖面。

大夥沿著廣闊的圓形湖弧線，慢慢朝向靜謐的森林走去。

「一到傍晚，氣溫就有些涼了。」

梅輕撫著露出的手臂說道。夏天快來了，森林裡的氣息卻冷颼颼的。遠方的群山，至今仍素裹著雪白的銀衫。

終於恢復平常狀態的蕾法，環視著森林說道：

「這個國家和埃斯基亞共和國比起來，應該要冷得多了吧。到了冬季會完全被冰雪所覆蓋，水也會凍結，連洗臉都很麻煩。」

「但這反而叫人羨慕呀！我們國家一年到頭都十分炎熱，還非常潮濕。皮膚會很燙外，還會出現奇怪的蟲子，之前我哥脫下來的內褲，甚至都發霉了呢。」

「梅，這種事有必要現在說嗎？」

「哼，誰叫您常脫了就亂扔呀……」
「等等，妳都看了些什麼啊？」
「呵呵～」
突然笑出聲的梅，引起了大家的注目。
「沒什麼，不好意思。那個……埃斯基亞共和國和伊格瑪爾王國，雖然目前處於停戰狀態，但關係依然水火不容。只要是伊格瑪爾人，我們仍有不少人民覺得是魔鬼或惡魔。我一開始也有點害怕，但是相處過後發現，蕾法小姐為人似乎並不壞。」
「妳覺得我是壞人嗎？」
「那是因為……戰場上的『冰結姬』只有惡名。」
「唔，或許吧……。但在伊格瑪爾這邊，『獄炎帝』也是同樣的風評。」
「是呢。但實際上，他只是個內褲會發霉的哥哥。」
「梅，妳還在說那個話題啊？」
「沒，要說想說什麼，雖然我們有那麼長時間的爭戰，但就結果看來，我想我們還是不了解彼此。當然，因為是國家之間的紛爭，我也知道會有許多無法解決的事，但如果這次的緣分，能成為改變什麼的契機的話……」
「真是能言善道呀。」
和緩的對談，突然被硬生生打斷了。

獨自走在最後面的蘿賽琳，扶著鏡框說道：

「從一些小日常中，創造友好氛圍，內褲的故事也是營造氣氛的一環吧。如果讓敵國的『最強』，對埃斯基亞產生友好意識的話，假使最後同盟失敗了，也會對戰況有顯著的影響吧。」

「咦？」

「是這樣嗎？」

在阿格尼斯和蕾法的注視下，梅不停揮著手。

「討厭，妳想太多啦！哪那麼複雜……」

「我可不敢輕視您，梅．萊斯特女士。」

「……」

梅輕嘆了口氣，回身看向女侍從。

「……妳真是個討厭的女侍從。不過，有一半是真心話。沒有什麼比毫無紛爭更好了吧。我認為友好意識，不應該被否定。」

「沒有魔法能證明您的真心，不過還行吧。但是這樣會不會有點不切實際？並不是所有人，都贊成和埃斯基亞共和國結盟。這點在我們國家也是一樣。不知道會有什麼陰謀，所以狀況並不是那麼安穩。」

「應該假設理想情況，而不該被現實所束縛。」

「可行性必須考慮在內。伊格瑪爾是一個被冰雪覆蓋的封閉國家。走不出去，人的意識就會變得閉塞，既而墮入深深的黑暗深淵中。我國之所以被評價為擅長魔法和權謀，是因為這與人的內在經營，有很深一層的關係。釁起蕭牆，變生肘腋。」

「妳是說……別自顧自地信任嗎？」

「這只是一個建議。」

「這是友好的證明嗎？」

「您真是個有趣的人啊，梅小姐。」

「妳也是。」

梅和蘿賽琳，兩人互相都皮笑肉不笑地笑著。

「妳們感覺很可怕啊……」

「蘿賽琳。現在在散步中，不是議論的時候。」

「我做得太過火了。」

蘿賽琳道歉後，繼續散步。和剛才一樣，氣氛陡然一變。在沉重的沉默下，再次發言的還是女侍從。

「啊啊，這麼說來，我忘了有要給閣下的禮物了。要從倉庫裡搬出來需要借助男人的力量，可以請您幫個忙嗎？」

「嗯，好啊。」

在場的男人只有一位。阿格尼斯囑咐梅：「在這裡等我。」就跟在蘿賽琳身後，走進了森林深處。

踏著冰涼的泥土前行。前方穿著女侍從裝的女人走得太快了。樹木密集且茂盛，周遭莫名昏暗。遮蔽視線的枝幹陰影很濃密，感覺交織得極為不自然。

蘿賽琳的身影忽然消失了，彷彿融入了樹蔭中。

阿格尼斯緊跟在後面。但是就算跟到了那裡，仍然沒見到女侍從的背影。

取而代之的，是某個人倒臥在前面大樹的根部。

是位女性，獨自倒臥在黑暗的森林中。

「喂，沒事吧？」

走近一瞧，那女人痛苦地按住胸口呻吟著。

「啊啊，太好了。請幫幫我，突然……我的胸……」

女人以喘不過氣的模樣，看向阿格尼斯的眼睛，左右的瞳仁是不同的顏色。

不均勻，非常不穩定，但同時也完全和諧。

「請把……手……」

女人有氣無力的音色，悄悄地侵入鼓膜。

撫摸過來的指尖，觸感細膩且光滑，皮膚上帶著水潤的感覺。

「等一下，抓著我。」

「嗯……」

拉她起身，女人的身體就像要趴在自己身上一樣，緊緊貼了過來。身體緊密接觸。窈窕的腰身，軟到要陷下去的肌膚。

「……抱歉，我沒站好。」

在幾乎要碰觸到的鮮烈紅唇上，飄散著甜膩的吐息。

「喂……可以的話……」

女人喘著氣，斷斷續續地說。

「一起在這裡休息……」

這時候，女人停下了話語，因為不知不覺間，阿格尼斯拉開了距離。

「……為什麼？」

「不是。碰一下就知道了，妳似乎沒有受傷也沒有生病。因為我長時間待在戰場上，所以能很快就看清這一點。妳就算沒有我的幫助也沒問題吧。現在不也一個人站得好好的？」

「……」

女人默不作聲，一副呆若木雞的樣子。

表情僵硬。感覺看到了難以置信的東西。由於她看起來沒什麼毛病，阿格尼斯打算離開現場。

「那個……那我就先離開了……還有人在等我。」

「喂！」

阿格尼斯正要轉身時，卻被那女人用嬌媚的嗓音喊住。

「那樣的話，你覺得……為什麼我要裝病倒在這裡？」

對於問了個奇怪問題的女人，阿格尼斯皺起眉頭，用手撓了撓腦袋。

「嗯——精神上的問題？」

「呵……」

女人的嘴角突然笑開了。

「從某種意義上來說，可能是這樣。」

「那我要走了。妳真的需要幫忙的時候，請再告訴我。」

「嗯……我會的。」

阿格尼斯轉身意欲離去，背上感受到一股奇妙的緊迫視線。

對倒下的女性伸出援手，這麼做是對的嗎？應該再看一遍指南書嗎？

阿格尼斯再次跑去尋找蘿賽琳的身影。

「……呵呵呵！」

伊莎貝拉望著男人遠去的背影，輕輕嘆了口氣。

原本打算陪他小玩一會兒的。是打算恣意玩弄妹妹的相親對象，然後嘲笑她——妳的相親對象，已經是我的僕人了。

雖說，他是埃斯基亞「最強」的劍士，但畢竟也是個男人，想必沒有辦法抵禦美女的誘惑。

可是那個男人卻保持距離，還棄人於不顧。

對我這個——

「喔呵呵……這還是頭一次呢！」

黑色的災厄之氣，自女人身上冉冉升起，只見周圍的草木就像被奪去了生命般，慢慢地枯萎了。

「真是個有趣到不行的男人。我會好好記住你的。」

在被死亡包圍的黑色中心，女人冷笑著。

阿格尼斯回到原來的道路上，但他看了看周遭，絲毫不見女侍從的身影。

「有人在嗎……？」

雖然在那蔥鬱的森林中前行，但似乎完全迷失了；雖然能察覺到人的氣息，但似乎不是蘿賽琳的；雖說是繞道了，但跟丟目標卻很少見。還是說，那女人真的很擅長消除氣息。

如果是這樣的話，為何要那麼做——

啪咻！

耳裡聽到了劃破空氣的聲音。

一次。不對，是二次。

「嘿！」

阿格尼斯伸出手抓住飛來的物體，是閃著鈍光的十字弓的金屬箭。

「不是吧？徒手抓住！」

森林的深處，響起帶有驚訝的聲音。

「撤退！這差距太大了，我退出！」

另一道聲音，自遠處的灌木叢中傳來。

——敵人？偷襲？

蘿賽琳的話，不經意間閃過腦海。

——釁起蕭牆，變生肘腋。

強行止住了揣揣不安的預感，阿格尼斯跑了起來。

「……梅！」

力聚趾，行如飛。景色瞬間流逝。

這裡是敵方的領地——伊格瑪爾王國。雖然有預想到或許會有危險，但他認為遭到襲擊的可能性極低。因為如果在同盟談判期間，衝動暗殺對方國家的客人，所製造出的裂痕將會是決定性的。

但——如果這就是他們希望的——？

驟然造訪的奇妙感受，使得阿格尼斯不禁倒吸了口氣。就像撞到看不見的牆一般，身體無法向前移動，厚重的空氣層，是種將此岸和彼岸分隔的感覺。

而且茂密的林木擋住了視線，無法確認人在湖畔的妹妹安危。

遠處傳來尖叫聲。

焦燥。左手伸向脖子上的吊墜，右手抓住半空中乍現的黑刃。神速的斬擊，令人不快的噪音，空間撕裂了，身體驀地變輕了。

「媽的！這麼快就突破了？讓衝擊結界和火焰結界相撞!?」

從後方傳來參雜著焦躁的聲音，但沒空處理。

「啊啊啊啊啊啊！」

一邊向前跑，一邊揮出第二次斬擊。紅蓮的衝擊波以阿格尼斯為中心，呈半圓形向外擴散。如海嘯般的火焰，將遮蔽視線的樹木連根拔起，行進方向的森林成了焦塵。

「一擊就把森林轟成焦土，這個怪物！撤、撤、快撤！」

在聽到自遙遠的後方傳來的號令時，開拓的視野中見到了妹妹的身姿。

「……梅！」

心神不寧的「冰結姬」就坐在水池邊。

而另一位綁著馬尾辮的女孩，則是趴在她面前。

伸出的左腳浮在蕩漾的水面上，纖細的身體卻動也不動。

「梅！」

阿格尼斯急忙衝向前去抱起她。

只見妹妹面色蒼白。雖然有呼吸，但全身乏力且失去了意識。沒看到有外傷和出血，但還不能放心。看著地面上插著的幾支箭，和襲擊自己的是同一夥人馬吧！只要認真去追，一定能追上，但要抱著失去意識的梅，前去追敵人就有些猶豫。話雖如此，但也不能放她在這裡。

這場相親是關係到兩國命運的戰爭。周圍的人屢屢告戒的話語，如今又復甦於耳際。我知道，但……我還是沒有做到。

這裡是敵對的伊格瑪爾王國。同意讓梅跟著的同時，相對也讓她暴露在危險中。

「可惡！」

阿格尼斯揮拳揍向湖面。蕾法小心翼翼地伸出手來問道：

「沒、沒事吧……？」

「……」

不能馬上回答。要冷靜——需要冷靜下來的時間。大意了，除掉浮躁的自己，就像在戰場上時那樣，內心迅速冷卻。需要確認偷襲是誰指使的，阿格尼斯深深地吁了口氣，把目光轉向冰魔女。

——主謀是妳嗎？

想要單刀直入地問，說出的卻是這樣的話：

「……這就是伊格瑪爾的做法嗎？」

「我、我……」

面對顫抖著唇的「冰結姬」，阿格尼斯抱起了梅轉過身。

「抱歉，我要回去了。撐著點，梅。我很快就會趕回去替妳治療，一定會救妳的。」

只見他跑了出去，跨上拴著的愛馬古拉德斯。就在那一瞬間，阿格尼斯感覺蕾法的表情映入了眼簾，但旋即消失在視野邊緣。

——為什麼……？

痛苦的思緒在心中蔓延。沒有保護好梅的同時，感受到很大的失落感。

伊格瑪爾是長年的仇敵。但是，一定是因為自己在內心深處信賴著，那位美麗、高貴、孤傲的公主。

所以才沒直接問。是的，害怕她說出口。身為「最強」的自己。

握著韁繩的手，自然而然發力。阿格尼斯懷著不安的心情，一路朝埃斯基亞邁進。

＊＊＊

——為什麼……

在柔軟的床鋪上，蕾法翻了個身。

窗外灑入淡淡月光，蟲聲唧唧的夜。彷彿身體失去了氣力般，做什麼都提不起勁。心事重重，完全無法安然入睡。

不知道發生了什麼事。蘿賽琳和「獄炎帝」走進森林後，自己和阿格尼斯的妹妹留在原地。當我和梅在閒聊時，她如此說道：

「蕾法小姐，您是不是會覺得……我哥哥有點奇怪？」

「啊、嗯……怪是蠻怪的……」

「是吧。只會鍛鍊，完全不懂女人心。不過——他是個非常好的哥哥。因為我的……」

說到這兒，梅閉上了唇。然後，這次她帶著嚴肅的表情，問了另一個問題。

「蕾法小姐，您會喜歡……我哥哥嗎？」

「…………」

對於這個出奇不意的問題，蕾法的心頭震了一下。

就在那時，無數的箭矢飛了過來。

如果是平常的自己，應該能感知魔力場四周的紊亂，並馬上作出反應，那時卻連有東西接近都沒注意到。因為當心情很浮躁，為了國家安寧而戰的事也忘光了，蠢到失去了平靜。

蕾法想抓住並凍結自己那……如擂鼓般的心跳。

——這就是伊格瑪爾的做法嗎？

那時，男人所拋下的話，如刺般扎在了耳膜上。被突如其來的重話刺激，無法馬上回答。

正如蘿賽琳所言，國內確實有反對埃斯基亞的勢力，在處處是權謀的宮廷中，試圖妨礙自己的人也很多。原本認為最先動手的會是那女人，但也感覺這種手段太直接了。如果是那位姐姐，應該會採取更委婉地……能讓蕾法受到傷害的手段。

——我不知道……

腦袋裡亂七八糟的，什麼都想不出來。

蕾法沒有參予此次襲擊，但卻沒有盡好作為東道主的職責，委實令人痛心。

「要是我沒有邀請他們的話，就不會發生這種事了……」

蕾法像是在責怪浮躁的自己般，把臉埋到枕頭中。

——該怎麼辦……？

指示蘿賽琳進行調查，但是否能查出真相，仍是未知數。

蕾法緩緩從床上坐起。蘿賽琳不在的宅邸，被冰冷的寂靜所包圍，就像只剩下她一個人，困在深深的地窖中。

蕾法從書架上拿起一本筆記，放在床頭。

那是已故母親的遺物。

「——好厲害喔，小蕾法！妳是天才呀！」

美麗又極具魔法天賦，在多位嬪妃之中，尤其受到國王寵愛的母親。

向她展示剛學會的法術，她言笑晏晏，拍著手替我高興。

輕柔地撫摸我、擁抱我的溫柔母親。

然後是——變了個人的母親。

不知從何時起，她就一直窩在家中，埋首研究妖異的魔法。眼皮下積出了厚厚的黑圈，秀髮也喪失了原先的光澤，像是被什麼東西纏住似地，瘋狂讀著魔法書。

而且，研究——失敗了。

爆發的閃光。在悽慘的叫喊聲中，四處逃竄的人們的景象，至今依然深深烙印在蕾法的腦海中。強大的魔力能量波及四周，許多人被捲入而無家可歸。和伊莎貝拉家族為首的兄弟姐妹關係，決定性地破裂也是源自於此。

怨恨的矛頭，全部指向了遺留下來的蕾法。辱罵和迫害。雖然對母親的行為感到困惑，卻沒有時間嘆息。數度遭到暗殺，但憑藉著凌駕於母親的魔法天賦，將敵人全數擊退，而周遭人們的眼神，也產生出更多的輕蔑和恐懼。

連同極少的僕人被遣送到這座宅邸時，大概是在十歲多的時候。這個地方偶爾會有凶暴的魔獸，從伊索姆尼亞魔境侵入，許多邊防警衛因此殉職。

在警備部隊被撤回，孤立無援的狀況下，被賦予討伐魔獸任務的蕾法，其情勢也變得更加苛刻。蕾法總算明白了，大家都希望她死，宮裡打算把當她一次性用品隨用隨丟。

——我……到底是為了什麼而活著。

沒有人可以給出答案。從冰冷的宅邸裡，向外眺望灰白景致的空虛日子。

然而，將它終結的是一名男孩。

那一夜，忽然對這一切感到厭煩，一個人赤腳走向伊索姆尼亞魔境。

將眼前的魔物一一凍住，自暴自棄地……不斷朝未探索地帶的深處信步行去。然而，畢竟當時還是個孩子，氣力和體力都有其極限。當蕾法不知不覺行至深處，遭遇到比其他魔物還大兩倍的巨型魔獸時，魔力已經消耗殆盡了。

已經累了。

死掉好了。

不是憤怒也沒有悲傷，只有深深的孤獨。

魔獸舉起了牠巨大的手臂，蕾法慢慢閉上了眼。

但是——不管等了多長時間，告別世界的那一刻，始終沒有到來。

緩緩睜開眼，看到了他的背。很瘦小，看起來像是位少年的背影，擋在自己面前。

少年面對巨大的魔獸，直挺挺地拿著劍說道：

「沒事的，我會幫妳的！」

——咦？

原本以為……不會再有人願意幫助自己了。被宮廷疏遠和輕視，只能自己一個人孤單戰死。

可是——

少年使出難以置信的劍技，雖然身負重傷，但還是打倒了巨大魔獸。

戰鬥過後，蕾法扶住腳步踉蹌的他，急忙冰封傷口替他治療。側腹上的燒傷痕跡，從破裂的衣物縫隙中映入眼底，叫人生疼。那如黑色六芒星般的形狀。

「那個燒傷……不會痛嗎？」

後來，他恢復了意識，瀟灑地看向遠方說道：

「不會痛呀！又有人問這個了，這好像是個不祥的刻印。」

有這道疤痕的人，將會害國家陷入危難，這是家族中流傳下來的說法。雖然有些親戚希望直接處決，但由於刻印的傳說是家族內部秘密，世界也沒有這條法律。於是，我就被放逐到邊境了。

之後總是站在前線，每一天都是與敵軍、魔獸打交道。

那就是所謂要你自生自滅。

「你也是這樣啊。」

蕾法想著他們不可思議的一致性説道。或許，這位少年也跟她一樣，自暴自棄之下才會走到這平原深處。

然而，他搖了搖頭。

「我是為了變強。」

「變強……？」

「我想變得更強，變強了就能守護大家、守護妹妹。所以我要多多鍛鍊，成為『最強』。」

彷彿當頭棒喝般的衝擊。

少年中二的夢想？不是的，蕾法看到了。

在他擋到蕾法身前的時候，他的膝蓋在發抖，那個男孩其實很害怕。

這是理所當然的。就算男孩再堅強，他頂多也和自己一樣是個孩子。面對強大的巨型魔獸，不可能不感到恐懼。

可是，他卻往前走了。

和自己處境相似……被親戚歧視、迫害、隔絕，他卻還是看向前方。忍受死亡的恐懼、壓抑顫抖的膝蓋、鼓舞瑟縮的身體，保護了剛相遇的落單少女，少年就這麼迎面向前。

蕾法感到胸中像是燃燒般，透出一股暖意。冰冷的四肢也被熱度所鼓動。那是堅韌的意志。

是富有遠見的尊貴，且孤傲的精神。

──強大。

「……啊哈哈！」

對於突然笑出聲的蕾法，少年困惑地問道：

「怎麼了？撞到腦袋了？」

蕾法搖了搖頭。

淚水自眼角滑落，用手背拭去了一次又一次，蕾法知道自己還能笑出來。

啊啊，是啊──

因為母親的所作所為，釀成眾多傷亡，而成了眾矢之的自己。但是，為什麼非要像周遭的人所希望的那樣，孤單且苦惱地死去呢。

自己也到那邊就好啦。無論他們如何傷害我，也無法企及的高度──

「找到了，我活著的理由！」

蕾法揉了揉眼睛，直挺挺地站起身。

「——我也要變強！成為『最強』，不再輸給任何人！」

不由自主地如此宣示後，少年默默看著她。彷彿在惦量著一位獨自待在魔境深處的少女，說出這句話的決心與意義的重量。

片刻後，他似乎信服地咧開了嘴角，展露出發自內心的笑容。

「這樣啊。那我們一起以『最強』為目標，來比比誰更厲害。」

「嗯嗯，約定好了。」

「啊啊，約定好了。」

握緊他的手時，皮膚很厚實，指節上長滿了繭，估計是因為一次又一次揮舞長劍的緣故。

粗曠、堅硬、然而——卻很溫暖。

躺在床上的蕾法，彷彿回到當年小女孩般的眼神，將手伸向窗外的月亮。

那天，在世界的角落交換的小小承諾。

握住手的那份溫暖，短暫地復甦了，然後消失在夜色中。

第5章 馬拉多利亞總體戰

消息傳到蕾法這邊，是發生伊格瑪爾襲擊事件後，又過了大約兩個月的時候。

「又要相親了？」

「是的，倒塌的聖堂重建完成了。」

蘿賽琳轉交的信上，標示著神聖教會的印記，以及對相親中止許久的歉意。

「上層的許可也下來了。帝國的威脅迫在眉睫的情況下，果然和埃斯基亞協議合作的提案，還是非常重要。」

「可是……」

蕾法一邊猶豫，一邊讀著信。在信的最後，有一段令人在意的話。

「蘿賽琳，這裡有一個詞『住宿』。」

「是呢。與其說是相親，不如說是過夜。計畫打算讓您兩人在教堂共度一夜，加深彼此的親密度。」

「過夜……？」

只見蕾法如白瓷般的肌膚，瞬間變得紅潤。

「怎麼會安排……這麼寡廉鮮恥的活動……」

「教會方面，似乎覺得對導致同盟延緩有份責任。想要挽回一點被延誤的時間，不過卻反而準備了很長一段時間。只是在同一座教堂度過，不是指要睡在同一張床上。蕾法大人，您究竟想像成了什麼樣的寡廉鮮恥？」

「真、真是的！別開我玩笑，蘿賽琳！」

「失禮了。不過，實際上這是魅惑那男人，絕無僅有的好機會。」

蘿賽琳面無表情地遞來一本書。

書的標題寫著——《絕對性愛！實用到不行的魔性技巧〈夜晚經營篇〉》

「唔哇哇！」

翻開第一頁就看到的超刺激插畫，蕾法反射性地把書丟了出去。

蘿賽琳拾起那本書，一面拍著書封灰塵，一面繼續問道：

「因為這樣就激動，您以後要怎麼辦呢，蕾法大人。」

「我、我、我才沒激動！」

雖然很強硬地表示，但臉頰火辣辣的，心跳個不停。

「男人都是野獸——♪『獄炎帝』也是男人——♪」

「別、別唱奇怪的歌！那傢伙也沒什麼……」

幼時許下約定後，兩國誕生出兩位「最強」。

而且，命運讓兩人不是在戰場相遇，而是在相親會場上相互吸引。

當初之所以接受相親，是因為聽說對方是埃斯基亞「最強」的劍士。

她壓抑著高亢的心情前去相親。果然呀，一看到那紅色眼睛和特殊吊墜，蕾法馬上就知曉了，但對方卻是一副沒有注意到的樣子。那也是正常的，因為小時候的自己是和現在的自己，截然不同的灰色頭髮。

話雖如此，雖然很氣他完全沒注意到是怎樣。但自己能做的，就是把這件事隱藏在心中，以「最強」的身分與其比肩。

履行那天的約定。

但是，和「獄炎帝」從襲擊事件後就突然失聯了。每天到大門口觀望對方是否會捎來箭書，卻也只是徒勞。

雖然指示蘿賽琳進行調查，但至今仍然沒有查明襲擊事件的主謀。伊格瑪爾王宮中的黑暗十分深邃，事件不了了之也是家常便飯。

正思索著時，蘿賽琳忽然露出神秘的表情說道：

「蕾法大人，其實還有一封信。」

遞過來的是一封——封得很牢靠的信。打開往內一瞧，蕾法說不出話來。

——趁此機會確實攏絡「獄炎帝」。如無法成事的話——殺了他。

是用毫無情感的文字，所寫出來的一封信。

以及，末尾蓋上了國王的璽印。要是抗旨，會被指控為叛國罪。

「……為何？」

蕾法用微微顫抖的唇說。

「上面判斷相親的進行，實際上已經陷入僵局。要是同盟以失敗告終的話，那就在能夠一對一會面的機會中，削減對方的最大戰力。讓我們國家對埃斯基亞處於有利的狀況。」

「但，同盟是為了防衛吉爾甘迪亞帝國吧。削弱對方的戰鬥力，豈不是……得不償失？」

「上層對於不知何時，可能會對我國伸出獠牙的埃斯基亞，感到非常不安。比起對岸的大火，更想先捻熄附近的小火，這就是兩國的歷史。」

蘿賽琳淡然說道。她看著蕾法，彷彿在測試她。

「您意欲如何？」

「我……」

蕾法欲言又止。

雖然指示暗殺，但沒有派來任何增援，大概是因為攏絡的可能性仍然存在。而且，一旦開始戰鬥，作為「獄炎帝」的對手，除了「冰結姬」外的人只會是種妨礙。反過來說，這可能是兩人相見的最後機會。

蕾法就像想讓自己信服般，慢慢接受了這番話。

「我去！」

攏絡、暗殺。兩種都不曉得自己能否做到。但是，感覺如果不見面的話，就什麼都不會開始。她想為襲擊的事道歉，也很在意他妹妹的安危。在這之前——

再相見時，自己該向那男人傳達些什麼。

＊＊＊

在能眺望到伊索姆尼亞魔境的基地內，阿格尼斯像在用風沐浴般，獨自站在牆垣上。

他從懷中拿出了兩封信。一封是神聖教會寄來的，教堂似乎重建好了，還提議讓他和「冰結姬」兩人共度一宿。

還有一封信，是國軍將軍拉爾夫大哥交給他的。

資助教堂快速重建的人，似乎就是他的大哥，為的是替他籌畫一個難能可貴的機會，信件裡滿是確定和肯定的字句，甚至還要派來一位床事指導員。

之後似乎真的來了個——穿著極其暴露的女性，但被露西亞娜給瞪了回去。

信的末段是這樣的。

——趁此機會務必攏絡「冰結姬」，這是最後通牒。若是失敗，便殺了對方。我們要藉此機會，削減伊格瑪爾的最大戰力。

「……」

文件的末段，還印下了國家元首的章印。阿格尼斯將目光看向伊索姆尼亞魔境的遠方，往伊格瑪爾的方向。

＊＊＊

馬拉多利亞區神聖教堂，位於伊格瑪爾和埃斯基亞的中立地帶。

蕾法抵達新建的教堂，是在十天後的傍晚。

小山丘上，矗立著嶄新的哥德式建築，之前曾來輔助相親的祭司之一前來迎接。女主教一想起「最強」二人的臉就會心悸，目前似乎在別的地方養生。

「總覺得很抱歉……」

「不，請不要在意。主教她沒事，應該、大概、也許……」

白色頭髮的祭司，回答得毫無自信，仍硬擠出笑容。

「總之，今晚會請他人迴避，請兩位盡情加深關係。」

這類話中有話的說法，必然會使蕾法臉紅心跳。

「蕾法大人。那麼，之後就交給您了。」

陪同來的蘿賽琳，低下頭並轉過了身。

這次因為只有「冰結姬」和「獄炎帝」二人共度，所以相關人員皆不能在場。蕾法隨著祭司進入聖堂，穿過向精靈祈禱的禮拜堂。走上三樓的走廊，在一道門前停了下來。

「這裡備有房間，祝您一切順利。」

「不是吧，不會是同一間房間吧……？」

祭司像是看透了蕾法的心事般，呵呵地笑了起來。

「不，各自都備有房間。兩間房間有直通到一處大廳，兩位請在那見面。九點會響起鐘聲，不如就約九點在大廳會面，如何？」

「九點……」

雖然還早，但感覺脈搏加快了。

走進室內，聞到一股新漆的氣味。房間十分寬敞，有浴室和床，打開窗戶就能見到夕陽和中庭。除此之外還有一扇門，這扇門大概就是通往見面的大廳所在吧。

「那麼，請自便。」

「不好意思，我能請問一件事嗎？」

蕾法叫住了正要離去的祭司。

「那個……『獄炎帝』來了嗎？」

「他是由另一位祭司負責迎接，但似乎還沒到。」

「是嗎，謝謝。」

門關上，蕾法癱倒在床上。

對方好像還沒來。不知何故，她對此感到有些失望，但又有種鬆了口氣的感覺。即使如此，只要四周一靜下來，感覺就會變得十分敏銳，情緒也會異常興奮。

攏絡，否則暗殺。如果不選擇後者，僅憑這一夜就得俘虜對方。當蕾法在柔軟的床上挪了挪身子時，彈簧啪地響了一聲。

——不、不好！

腦子裡突然跑出奇怪的妄想，蕾法趕忙起身。

「我才不是想和他一起睡。只是會面地點在大廳，光是閒聊就有足夠的魅力來魅惑他了。」

蕾法硬是要替自己解釋。她想先觀察情況，於是把手搭在通往大廳的那扇門上。天花板很高，寬敞的空間裡放著沙發和桌子。但——

「什麼？」

不知為何，在大廳的正中央擺了張特大號的雙人床，旁邊還有僅用透明玻璃隔開的按摩浴缸。雖然不懂為什麼聖堂內會有這樣的設施，蕾法的雙頰還是瞬間發燙。

——不、不行、不行這樣！

輕掩上門，回到自己房內。打開蘿賽琳幫忙準備的隨身行李時，一本書落在了地上。

——《絕對性愛！實用到不行的魔性技巧〈夜晚經營篇〉》

「不行、不行、不行這樣！」

重複著這句話，不停在室內來回踱步後，蕾法深吸了一大口氣。手心濕潤，滿身大汗。宛若計算好的般，風從窗戶的縫隙吹了進來，掉在地板上的魔性技巧大全，就這麼自動翻了開來。

〈初級編之三〉嚴禁汗臭，在事前請先洗個澡吧。（※備註：想嘗試汗水大戰模式的人，將會在高級篇中進行解說，但是不推薦給初學者。）

「不行、不行、不行、絕對不行！」

在來的路上，早就被太陽曬得渾身是汗了，還行走在沙塵中。

蕾法慌張地走向浴室，注入用魔石加熱的熱水。一件件脫下衣服，露出淡雪般的細膩肌膚。她不安地撫摸著苗條的腰身，為了藏住豐滿的雙丘，全身都泡進了熱水中。

雖然被熱氣包覆，四肢得到了舒展，但卻無法抑制住胸口的悸動。

「沒事的、沒事的，我只是和他談談、聊聊天罷了。」

邊說邊仔細擦拭身體，穿上蘿賽琳準備的床上裝備。

「這是什麼啊……」

那是件會讓人不敢直視的過激黑色內衣。就像之前的泳裝一樣，布料面積過分地缺乏，遮掩的部分已然達到了極限，欲遮還露反而有種含蓄的性感。看向穿上它的自己，實在是太淫蕩了。

「不行、不行、不行、不行、不行、不行！」

頭上冒出一股熱氣的蕾法，不知為何就以這副模樣，直接坐在了床上。

目光飄向地板，魔性技巧秘笈就躺在那。她用喉嚨哼了聲，戰戰競競地翻開書頁。

「唔哇！哇哇哇哇哇！」

立刻闔上，重複深呼吸。

彷彿下定決心般，蕾法再次翻開了書頁。

接著，幾分鐘後，蕾法愣愣地坐在床上。

——不行！不行、不行、不行、不行、不行、不行、不行、不行、不行、不行！

眼花撩亂的床笫世界，讓腦子裡火燙燙的。

也在那時，通知九點的鐘聲響了。

「來、來、來、來、來了……！」

蕾法下了床後，在房內來回巡梭。已經這時候了，必須去旁邊的大廳。

總之只穿內衣不太妙，於是再披了件白袍上身。

一次又一次深呼吸，用那微微顫抖的手，握住通往隔壁房間的門把。

「那個……」

「呀啊！」

後面突然有人出聲，蕾法當場嚇到跳了起來。

她慌慌張張地轉過身，一名嬌小少女表情有些僵硬地站著。她留著一頭馬尾辮，以及有著眼角稍微上揚的貓眼——

「啊？妳是……」

沒錯，是在襲擊事件中，昏迷的阿格尼斯的妹妹——梅。

「太好了，妳沒事吧！」

蕾法不禁脫口而出，讓梅的緊張情緒，稍微緩和了一些。

「果然，那次襲擊不是蕾法小姐策畫的。」

「當然了，我才不會那麼做。」

「是嗎，原來是這樣啊……。我當下確實感覺被箭射中了，但是恢復意識後，發現一丁點傷都沒有，想說應該是蕾法小姐救了我吧。」

是啊，雖然沒能捉到突然襲擊過來的集團，但當時馬上就凝結出了厚厚的冰盾，總算沒讓梅中箭。只不過，因為梅昏過去了，一直很擔心是否真的有阻擋了攻擊。

梅低下頭。

「非常抱歉，我是為了確認這件事才潛入房間的。我覺得……這是一個難得能和蕾法小姐好好交談的機會，我也是瞞著哥哥來這裡的。」

「原、原來如此啊……」

蕾法鬆了口氣，從而發現一件重要的事。

──嗯？

「順便請問一下……妳是從何時潛入的……？」

「那個，從中午……」

「中午？」

梅的耳朵變得紅通通的，大力揮著手。

「啊、不、沒事的！我什麼也沒看到！絕對沒有看到蕾法小姐……穿得超級性感的樣子……然後讀一本色色的書。」

「哇啊啊啊！哇啊啊啊啊啊啊！」

房內迴盪著尖叫聲。

「不、不是！不是的、不是的、不是這樣的……」

對於哭著找藉口的蕾法，梅微微紅著臉說道：

「真、真的沒事啦！倒不如說，知道蕾法小姐也會讀這樣的書，反而多了份親切感呢。」

「親、親切感？」

這還是頭一次聽到。

「是呀！伊格瑪爾『最強』的魔術師，意外也有可愛的一面。這次襲擊的主謀不是蕾法小姐，真是太好了。」

「……！」

蕾法驚訝地注視著感到安心的梅。

輕蔑、恐懼。至今為止，感受都和國內的情緒絲毫不同。

蕾法兢兢業業地問：

「那麼，『獄炎帝』還在為襲擊事件生氣嗎？」

「嗯～……與其說是在生氣，不如說是遺憾吧……。感覺哥哥他很落寞，臉上都是平常沒見過的表情。」

心揪了一下。

「對不起……」

「沒事啦！因為和蕾法小姐沒有關係呀！」

「但是，也不能說毫無關係啊！邀請你們到伊格瑪爾的是我，所以我也有責任。因此……我覺得不被原諒……也是沒有辦法的……」

面對低著頭咬著唇的蕾法，梅平靜地說：

「沒問題啦。我不會怪蕾法小姐，只要我好好跟哥哥解釋，他一定會明白的。如果有任何問題，我也都會告訴您。我說的話，我哥一定會聽的。」

「你們兄妹倆……關係真好呢。」

兄妹羈絆不知為何看起來很耀眼，梅微笑答道：

「是呀！雖然哥哥不太懂女人心，但就我身為妹妹的立場看來，他是個非常溫柔的哥哥。不過，親戚中也有懼怕哥哥的人。」

「是因為側腹的疤痕嗎？聽說是家族的詛咒。」

不小心說溜了嘴，梅驀地睜大了她的貓眼。

「咦？您知道側腹疤痕的事嗎？該、該不會是體質的關係吧!?」

「不、不是、不是！只是之前有聽說過……」

糟了，順口就說了出來。

不過說是之前聽說的也是事實，雖然是孩提時代。

「是嗎……蕾法小姐已經知道啦……」

梅喃喃自語後，忽然直直地盯著她。

「蕾法小姐，您剛剛在想……哥哥可能不會原諒您吧？」

「嗯，因為……」

「沒事的，我哥不是那種小器量的男人。而且疤痕的事，在埃斯基亞也幾乎沒有人知道，屬於家族的秘密。我很高興哥哥能夠說出這件事，如果他覺得您不值得信賴，是絕對不可能告訴您的。」

「……」

看著吃驚的蕾法，梅數度猶豫該不該說，最後仍是用堅定的神情說道：

「所以，我也相信蕾法小姐，我想完完整整告訴您……關於我哥哥的事。」

「完完整整……？」

「是的。哥的燒傷被認為是我們一族的男子，罕有的不祥印記。根據家族傳說，持有刻印的人，總有一天會害國家陷入危機。實際上，我的曾祖父就像傳說的那樣，最後暴走失控了。」

「嗯、嗯嗯，我好像有聽說過。」

「不過……其實不是的……哥的燒傷不是這樣的……」

「不是嗎？怎麼……」

在驚訝的蕾法面前，梅掀起了自己的衣服下襬。她的側腹上，有一道黑色六芒星般的燒傷痕跡。

「……！」

望著蕾法藍色的瞳眸，梅淡淡說道：

「其實，真正有刻印的人是我，是在十歲生日前忽然出現的。傳說中，刻印只會出現在男性身上，但或許那只是碰巧到目前為止，剛好都是出現在男人身上罷了，在女人身上也有可能出現。」

梅輕輕地撫摸著自己的側腹。

「和哥哥商量後，他帶著恐怖的表情，要我不要告訴任何人。但是，某天在更衣室擦拭身體時，偶然被女傭看到了。因為是家族資深的女傭，所以她知道傳說的事。看到我簡直就像看到怪物般，於是我焦急地跟哥哥說。他要我別擔心，交給他處理。」

梅咬著唇，繼續說道。

「在那之後，親人們行色匆匆地要看那道疤痕。然後我哥呀，在褓姆表示看到我身上有疤痕時，他卻舉起了手說：『啊啊，那是我。』小時候的哥哥，長得跟我很像，嬌小又可愛。然後，在他的側腹上，果然真的有六芒星的燒傷痕跡。」

「該不會是……」

「是的。為了保護我，哥哥自己燒傷肚子，弄出相似的疤痕。」

得到的回答，令蕾法痛心不已。

梅提起勇氣，繼續淡淡說道。

「由於傳說中，只有男性才會出現刻印，所以大家都被騙過了。哥哥他立刻就被送往邊境，因為擔心我繼續待在中央的話，不知傷疤的事何時又會被發現，所以要我留在他身邊。於是，我便以監視的哥哥名義，跟著移送到了邊境。」

「該……怎麼說呢……」

蕾法說不出話來，她站起身。

那男人，他知道家族的所有人，都會把自己當成敵人，他知道今後自己會被所有親人討厭，仍頂替了號稱被詛咒的妹妹。

儘管如此，他也決不會墮落，也不會找任何藉口，只一味地追求強大的力量。

為了保護妹妹，為了保護大家。

把梅留在身邊，也是怕她真的因為詛咒而失控，自己能先行阻止吧。

——……真正的……強大！

他很久以前……就是這樣的男人，胸口像喘不過氣般難受。

梅繼續說道：

「萊斯特家的男性，一般都會獲得代代相傳能召喚武器的魔具，哥哥脖子上的吊墜是曾祖父的魔具。魔具召喚出的武器，一般都有附加特殊能力，可以提升持有者的力量，產生特殊的魔法。但是，他的魔具被當作受詛咒的物品給封印了，所以現在只是作為一把普通的堅實大劍來使用。」

那是因為，怕阿格尼斯一旦失控，還擁有強力的武器會構成更大的威脅吧。儘管如此，那男人還是憑著不懈地努力，達到了「最強」的地步。

——我們一起以『最強』為目標。

那日的話，猶在耳際，體內感到熱呼呼的。現在就想見他。

把手放在通往大廳門把上的蕾法，忽然回望梅說道：

「但……這麼重要的事，為什麼要對身為敵國的我說呢？」

「我一開始也考慮了很久，該如何在同盟中占上風。但是，和蕾法小姐見過幾次面後，我漸漸改變了想法。不、不管怎麼說，對那個哥哥如何商謀畫策，最後都感覺很愚蠢。所以，蕾法小姐不是敵人。因為您和哥哥結婚的話，就會成為我的姐姐了。」

梅有點害羞地說。

「而且，我很高興喔。蕾法小姐知道我哥哥傷疤的意義後，即便如此還是願意來相親。所以，這是我個人的感謝之情。」

「小……梅……」

「啊，您第一次叫我名字耶，真高興。我身邊都是臭烘烘的哥哥．超想要一個香香的漂亮姐姐！」

梅笑得如花綻放，鼓舞著蕾法。

「好了，請您去見我哥哥吧，我會偷溜回去。」

「喔、嗯！謝謝妳，小梅。」

感覺如霧般的迷茫散開了。他現在可能因為襲擊事件而感到失落，但還是要好好談談，解開誤會。而且我——

當蕾法準備轉動門把時，一個問題自腦中閃過。

結果——襲擊的主謀究竟是誰？

在伊格瑪爾境內，瞄準了「獄炎帝」和他的妹妹。要是這兩人有何萬一，可能已經成為導致伊格瑪爾和埃斯基亞，兩國發生全面戰爭的火種了。

兇手是知道那一天、那個地方、那個時間「獄炎帝」會來的人。想起伊莎貝拉的面孔，但她有作為政治家的出色協調性，即使是為了私怨希望蕾法不幸，也不至於會想引起兩國的全面戰爭。

——嘛，算了。之後再思考吧。

現在應該把注意力，集中在眼前的事情上。

「獄炎帝」應該就在前方。蕾法猛地轉動把手並走進大廳，背後的門也隨之關上。

果然，隔壁的大廳有人正在等待著。

壓抑著亢奮的心情，看向對方，對方穿著……祭服。

白髮、細目。

「……什麼嘛，是祭司啊。」

是帶自己到房間的人。感覺力量瞬間都消失了，蕾法開口問道：

「請問怎麼了？今晚不是只有我和『獄炎帝』兩個人嗎？」

「嗯嗯，是呢。」

很淡，祭司回答得極為淡漠。奇妙的不安，湧上蕾法的心頭。

「發生什麼問題了嗎？」

「沒有，沒有任何問題。」

那個男人笑了笑。

「我已經準備好了。」

「——！」

陡然，恐怖的黑色氣息，自男人身上發散而出。

隨著呼喚，從大廳的死角一個接一個，出現了約十名黑衣男子。有人手持弧形刀刃；有人拿著黑色弓矢。共通特點，是全員都散發著兇惡殺氣。

「……你們想做什麼？」

蕾法語帶警示，低下身子。

「妳這是明知故問啊。『冰結姬』妳有點礙事。」

「……你說什麼？」

難以捉摸他的語氣，但該男子釋放出的殺氣，卻是無庸置疑的。

黑衣男子們拿著金屬製的十字弓，全部瞄向了自己。

「難道……在森林襲擊的是你們？」

襲擊者是知道那天「獄炎帝」會到那個地方的人。見面地點是蕾法寫在寄到埃斯基亞的信中，信應該是蘿賽琳送抵外交部。經過許可後，再轉寄到埃斯基亞外交部，最後才會送達阿格尼斯手中。

還以為其中的某個人就是犯人，但還有其他人能看到信。

教會的相關人員。

除了阿格尼斯的箭書，兩國的書信、文件，全都是通過中立的神聖教會來轉送。

「為什麼？為什麼要這麼做？」

「廢話，這是為了解決『最強』啊！如果這件事發生在伊格瑪爾的領地內，同盟就會中止，兩國的關係也會更加險惡。不過，被超出想像的怪物給破壞了。所以我們也決定毫無保留，妳一定得死！」

「我不懂，為什麼？神聖教會不是中立立場嗎？」

男人聳了聳肩，輕笑道：

「我看起來……像個虔誠的信徒嗎？」

「……不會吧！」

咚，蕾法的心震了一下。

兩國的國內，確實是有不少反對同盟的勢力。

但是，不也有其他不希望兩國同盟的國家嗎！

「吉爾甘迪亞帝國……？」

男人咧開了嘴。

「我先報上名字吧。吉爾甘迪亞帝國，第一暗殺部隊長——海尼斯。雖說是大陸東方的小國，但是被譽為擁有『最強』戰鬥力的兩國聯手的話，會有點礙事啊。即使那只是路邊小石頭的程度，但只要是對皇帝陛下的霸業有所阻礙，也必須確實剷除。」
「你的意思是……帝國士兵偽裝成祭司潛入教會嗎？」
體內的某處，突然感到一陣寒意。
沒想到，位在大陸最西端的帝國，這麼快就開始動手了。這威脅的程度，比想像中還要迫在眉睫。
說起來，這次提議兩人合宿的也是教會。
「連主教也是帝國的人嗎？」
「喔，她是貨真價實的神聖教會主教。現在被我囚禁在遠處的地下室，這事一了她也就沒用處了。不過，妳還有時間關心別人嗎？」
銳利的箭矢、鋒利的刀劍一齊指向蕾法。
冷靜面對帝國男人——海尼斯，蕾法右手使勁一揚。
「你知道……你在對誰說話嗎？」
彈指之間。在半空中，瞬間催生出數以百計的冰槍，將敵人一口氣徹底清除——本該是這樣的。
「魔法……不能用？」
蕾法壓抑著上揚的音調。
無法理解，以致不安。但是，讓大氣中的魔力分子，與自身魔力相呼應，自由地改變結構和性質並操縱——魔法完全無法發動！

「可別小看了帝國技術的開發力。在重建聖堂時，每間房間的牆壁都填入了強大的結界產生器，特別是這間大廳。妳擅長的魔力感知，不也什麼都察覺不到嗎？」

——也不能出去？

手伸往通向隔壁房間的門上時，卻被硬生生彈回，好似有一道看不見的牆。

「沒用的。這個結界一旦發動，進不來也出不去。連聲音都傳不到外面。」

要是隔壁房間的梅，能平安逃走就好了——懷著這樣的想法，蕾法轉身面對海尼斯。

「為什麼不能使用魔法？」

「妳問題真多啊。嘛，好吧。使用魔法需要大量空氣中的魔力分子，但這間房間的結界是特製化成——能隔絕並吸收魔力的結界。雖然啟動需要一點功夫是個難點，但多虧了妳一直等到九點，好讓我們有了充分的準備時間。」

「這東西竟然……」

分離每間房間，還安裝上了連魔力分子都能阻斷的結界。

他們從聖堂的重建階段開始，就準備得十分周全，帝國的作戰執行力及其技術力，皆超乎想像。

海尼斯恭恭敬敬地遞出一隻手。

「不能使用魔法，妳只是個普通女人。要試著……用妳那纖細的手臂來反抗嗎？」

背後的黑衣男子們，悄無聲息地逼近了。

「別過來！」

抵抗也是徒勞，蕾法的手腳一下就被捆住了。穿著祭服的男子緩緩走向她，俯視著蕾法的臉。

「擒獲完成。『最強』的魔術師，如今也是手無縛雞之力啊。」

海尼斯用他的細眼，把蕾法渾身上下掃視了一遍。

「話說回來……長得還真美啊。水潤的眼眸，最能激發情慾了。乾脆帶回去，讓妳一輩子慰勞士兵，感覺也是樂事一件……」

言及於此，海尼斯露出了驚愕的表情。

與剛才的他，發生了天翻地覆的變化。突然緊閉著眼、緊咬著唇、雙手顫抖。

「……我說了什麼啊……竟然想把皇帝陛下霸業的阻礙……帶回去！」

打從心底惶恐的音色，那男人揮出了緊握的拳頭。然後——

「小的知罪！小的知罪了！陛下！」

一邊顫抖著嗓音道歉，一邊揮拳毆打自己的臉。

黑衣人默默看著他。寂靜的空間只有悶哼的毆打聲。

臉上青一塊、紫一塊的海尼斯，將他布滿血絲的憎惡眼眸投向蕾法。

「妳做了不被允許的事！竟讓我有了不合皇帝陛下心意的思想。我要讓妳嚐到地獄般的痛苦，然後再殺了妳！」

「怎麼回事啊？你們……」

可以說是形成執念的忠誠心，讓人感到一絲寒意。

「……先把手指按順序切掉，接下來是手腕，然後是肘、肩，還有腳趾、腳踝、膝，如此折磨大概半途就死了吧，『最強』的魔術師能撐到什麼程度呢？」

海尼斯忽地轉為平靜的語調，接著從懷中掏出一把匕首。

態度語氣丕變，看不懂他的行徑。他說他是暗殺部隊的隊長，但是被這樣的男人所效忠的帝國，到底會是一個什麼樣的國家。

男人如紗線般細長的雙目，又瞇得更細了，他將刀尖貼在蕾法的食指上。

「你要傷害我，你瘋了嗎？」

「……？」

對於蕾法意料外冷靜的回答，海尼斯停下了動作。

「如果你不明白，我就告訴你吧。我是伊格瑪爾正統的王位繼承人，你還不傻的話，我想你知道我在說什麼。」

「……與其貿然傷害妳，不如把妳當成人質，作為談判的籌碼更有用？」

看著像是在自問自答的海尼斯，蕾法平靜地說道：

「理解的話就鄭重地對待我，劃傷你就麻煩大了。還是帝國所謂的霸業就是仗著人多，欺凌女人質？」

「哈哈哈……口齒倒很伶俐。」

海尼斯恢復為正常狀態，輕吁口氣、聳了聳肩。

「確實……好像太著急了。妳說的有道理，在得到本國的同意前，不該做出如此魯莽的行為。」

匕首遠離了蕾法的手指。

──但，海尼斯揚起了一邊嘴角。

「──妳以為……我會這麼說嗎？」

「唔！」

匕首的刀刃，緊挨著蕾法的藍眼珠。

「我看得出來，妳是在爭取時間。妳在感知空間內，隱約殘留下來的魔力分子吧。打算從魔導波長反探測結界的構造，從而找到術式的缺陷，然後再破壞結界。如果多幾個小時，妳可能還真的有辦法破壞結界。」

海尼斯把臉湊向緊閉著唇的蕾法。

「果然是個恐怖的女人。拿手的魔法被封印，力氣也比不贏男人，而且對方還人多。在這種情況下，竟然能冷靜地尋找反擊的突破口。只是，妳是不是太小看我啦？皇帝陛下可不是隨隨便便就把部隊交給我負責的耶。」

微溫的熱氣，噴濺在蕾法的額頭上。

「而且妳搞錯了談判的基礎，妳沒有作為人質的價值吧？」

「你說什麼……？」

看著雙眼顫動的蕾法，海尼斯驕傲地舔了舔唇說道：

「呵呵，第一次表現出慌張呢！我早就先調查過了，王國的權貴們好像都很討厭妳耶？什麼發瘋的母親研究奇怪的魔法，害死了很多人？」

「──唔！」

「從那之後，就被當作是災厄之子被厭惡、被輕視，太可憐了吧！妳的價值，根本只有戰鬥力吧？」

愉悅的笑聲，響徹大廳。

「啊哈哈哈，好悲慘啊！被敵人生擒的『最強』已經沒有利用價值了，妳死了也沒有任何人會傷心！」

「──！」

蕾法睜開蒼藍的雙目，嘴唇微微打顫。

發現她的視線，忽然轉向另一側的大門，海尼斯得意地笑了起來。

「真遺憾，隔壁的『獄炎帝』是不會來這裡的。在伊格瑪爾的襲擊中，結界是被他突破了，但那是因為那是臨時造的。這次在那間房間裡，我們也準備了和這裡有相同構造的堅固結界。而且，還設置了一個特別的陷阱。」

蕾法用乾澀的聲音問道：

「那傢伙……『獄炎帝』到了嗎？」

「你們二人不會再見面了，結界的隔離是絕對的。雖然就在隔壁，但永遠無法交談。最後就剩兩國的關係了。」

「……是……嗎……」

蕾法像認清現實似地，緩緩垂下了頭。

「不論多麼有威儀的獵物，只要持續折磨，就會聽到某個地方碎裂的聲音。以『最強』著稱的妳，究竟能撐到什麼時候，我很期待。」

海尼斯抬起冰結姬的下巴，直直地看入她的眼眸。

「……哎呀？我在妳眼裡看到了恐懼喔！開玩笑的吧？酷刑拷打前就開始害怕啦！束手無策就是這副模樣嗎？什麼嘛，真沒用！這真的是『最強』嗎？」

「放、放開我……」

「這是怎樣，真無聊。既然如此，至少全心全意地拜託我。說『請您直接一刀殺了我。』苦苦哀求我吧，再四肢伏地跪舔鞋子。這樣一來，我或許會考慮在瞬間，給妳脖子一個痛快！」

海尼斯無情地推開恐懼不已的蕾法。

「快求我吧！不想死得痛快點嗎？」

「請、請……」

「我聽不見喔！」

「請、請直接……」

說到此處——蕾法的嘴角陡地上揚。

「——你以為我會這麼說嗎？」

「什麼？」

蕾法忽然話鋒一轉，讓海尼斯揚起了一邊眉毛。

「冰結姬」以令人毛骨悚然的優雅笑容，繼續說道：

「不行耶，帝國的部隊長大人，你犯了兩個錯誤喔。一是得意忘形給了我太多時間，結果不還是讓我爭取到時間了嗎！我認為你的嗜虐心太強，並不適合暗殺。」

海尼斯迅速環視四周。

「……難道，在這段時間內，妳就掌握了結界結構的缺陷？破壞結界了嗎？在這麼短的時間內？絕對不可能！」

「確實時間還不足以破壞結界。但是，如果只是給結界開一個小洞，那可是綽綽有餘了喔！」

「妳說什麼？只是開了這種程度的小洞，情況又會有什麼變化。魔力分子的供給妳也知道吧。」

「沒事的，只要一個小洞就夠了。我來告訴你第二個錯誤，你是不是太小看我了？」

「……妳說什麼？」

蕾法將目光轉向大廳深處另一側的門。

如果這是戀愛小說的話，騎士會適時地前來救助被囚禁的公主，以前小時候確實有過這種憧憬。但是啊，這肯定不是自己想要的情節。

因為那天，在那個地方，我和他約定好了。

──我們一起以『最強』為目標。

蕾法把右手舉到眼前，「啪！」地打了個響指。

「我──不，你以為『我們』是誰啊？」

「咚！」──短而急促的一聲，藍白色的閃光，自阿格尼斯房間的邊界發出。

在施了好幾重術式的牆壁表層上，開了一個小洞，同時也波及到同樣構造的隔壁房間的結界。然後──

空間，迸裂！

恍如世界發出了慘叫般的尖銳聲響，大廳深處的門猛地裂成兩半。站著那裡的是一位戴眼鏡的女侍從，以及一位拿著黑刃的男子。

「快！」

男人口一呼、足一蹴，瞬間縮短了和海尼斯的距離。

「為什麼是『獄炎……』」

身穿祭服的帝國士兵，只能說這麼多話。

下一個瞬間，他被劍腹擊中，在天花板和地板之間來回彈跳了三次，最後滾倒在地。

安靜的大廳中，一名赤眼男子與雙臂交叉的藍瞳少女，不知何故相互叫罵著。

「太慢了吧！我還以為你在睡大頭覺咧！」

「說啥傻話！是妳花太多時間了！」

＊＊＊

時間先往前回溯一會兒。

從埃斯基亞共和國啟程的阿格尼斯，早在九點前就抵達聖堂了。

由黑髮西瓜頭的祭司接待，帶到三樓的房間後，整個人就呈大字型躺在床上。

攏絡啊、暗殺啊……

阿格尼斯把那封寫著大哥命令的信，放在床邊。

不知道結果會如何。但是，我覺得必須再見一次那女孩。

受到伊格瑪爾的襲擊後，梅清醒了過來。因為身上沒有任何傷痕，所以判斷為休克引起的昏厥，很難想像專業殺手會失誤。

那麼，應該是有人當場救了她。

主謀不是「冰結姬」。

腦海裡，瞬間閃過了當時眼角餘光所看到的……蕾法那傷心的面容。

鐘聲響起，通知會面的九點到了，阿格尼斯為了移動到隔壁房間，起身站了起來。

「話說回來，妳也差不多該說明……妳為何要來找我了吧？」

他將目光看向房間的角落，接著從衣櫃後方走出一個人。

銀髮、帶著眼鏡、女侍從裝束，那如同人偶般端正，且毫無表情的臉蛋。

「……阿格尼斯大人，如果您注意到了，能早點知會我嗎？這樣一直躲著的我，豈不是很傻。」

「不，我是想等著妳向我打招呼。妳是……蘿賽琳吧？」

蘿賽琳推了推眼鏡，淡淡說道：

「這是我認真消除氣息以來，第一次被發現。原本一直期盼能見識到和女性幽會前，威猛男性無法抑制的赤裸行為，真的是一直等著呢，真遺憾。」

「一般人見了都會害怕吧？」

「嗯，那就像額外加碼的驚喜，我另有正事要辦。」

蘿賽琳忽然一臉嚴肅，整個人跪坐下去，並且深深地低下頭，幾乎是貼到地面了。

「阿格尼斯大人，能請您——拯救蕾法大人嗎？」

「……那是什麼意思？」

「蕾法大人是正統的伊格瑪爾第五王位繼承人，這是無庸置疑的，但她的成長經歷有些複雜。」

蘿賽琳抬起頭，直截了當地說起她的主人。

原本溫柔的母親，某日忽然開始沉迷研究詭異的魔法。最後魔法失控了，波及到許多人。

結果導致她在王宮中受盡迫害，與幾名隨從被放逐到偏遠地區。

「……」

阿格尼斯對蕾法冰霜般外表背後的事實，保持著沉默。蘿賽琳繼續說道：

「但她的不幸並非如此。那一天，蕾法大人在母親遺物的行囊中，發現了一本手寫的筆記本，是她母親的手記。」

女侍從的音調低了一階。

「阿格尼斯大人，您覺得手記上寫了什麼？蕾法大人的母親，究竟是沉迷於研究什麼魔法？」

「……」

無法回答。但是，如鯁在喉般，有股討厭的預感。

「那是——魂轉生之術。施術者能將自身的靈魂，轉移到他人的肉體中，進而剝奪意識和身體的禁忌魔法。禁術實在太過危險，結果最後失敗了，她的母親滿目瘡痍地葬身於黑暗中。」

「奪取他人……？」

背部發涼、喉頭吱吱作響。

「……等等，她母親想要奪取的是……」

「是的，目標就是蕾法大人——因為母親恐懼自己尚年幼的女兒。蕾法大人是如此美麗且才華洋溢。隨著年齡增長，她深恐國王的愛，總有一天會被女兒奪去。那麼把女兒的美貌與才能，全都納為己有不就好了。」

這是一個慘無人理的故事。

「阿格尼斯大人，您能體會蕾法大人看到手記時的心情嗎？她不僅被兄弟姐妹疏遠，親生母親還妄想奪走她的身體。由於打擊過度，蕾法大人的頭髮都褪色了，甚至有一段時間是灰色的。儘管如此，她還是無法拋棄那本作為母親遺物的筆記。您能明白她的孤獨嗎？」

蘿賽琳用極平淡，但卻沉重的聲音說道。

「她完全沒有任何同伴。」

「不是還有妳嗎？」

「我是……」

這是第一次，見到她露出這樣的表情。總是宛若戴著面具般，毫無變化的蘿賽琳的臉孔，顯露出了痛苦，懊悔地扭曲著。

但她很快就關閉了情感開關，女侍從蘿賽琳繼續說道：

「蕾法大人有六位兄弟姐妹。其中的嫡長女伊莎貝拉．艾爾朵麗塔，她擁有壓倒性的權力，以及能和蕾法大人匹敵的美貌與魔法天賦。蕾法大人被其視作眼中釘——而且，我其實是伊拉貝拉大人的女侍從。」

「長女的部下？」

這番告白十分乾脆，可信度極高。

「那麼，在伊格瑪爾王國襲擊我們的人是她嗎？」

「不是，伊莎貝拉大人不太會選擇這麼直接的手段，她更加執著於帶給人心靈創傷。……我接到的命令，是引誘您到伊莎貝拉大人那，您在森林應該有遇見一位女性吧？」

「這麼說來……」

左右眼顏色各異，且帶著妖豔氣質的女人。

「伊莎貝拉大人在消磨時間的同時，還打算藉由您來嘲弄蕾法大人。不過您很爽快地直接走人，丟下她一個。說實話，當時我在暗處看到時蠻痛快的，還不禁為此鼓掌。」

「……這樣啊。明明可以自己站起來，卻莫名其妙軟趴趴的，我還覺得奇怪咧。」

「軟趴趴……呵呵……『獄炎帝』，您還是那麼有趣呀。」

蘿賽琳摀住嘴笑了出來。

「不過，那到底是誰……在伊格瑪爾襲擊我和我妹妹？」

「我也一直在思考那件事。然後，來到這裡我終於想通了。能看到邀請函內容的另一股勢力，就是擔任兩國仲介角色的教會。」

「但是，中立的神聖教會阻止雙方同盟，並沒有什麼好處吧？這樣的話……」

隱身在後的是——

「……吉爾甘迪亞帝國。」

兩人異口同聲，同時房外傳來第三者的聲音。

「兩位都很精明。」

走廊那端的門不知何時打開了，帶阿格尼斯過來的黑髮祭司就站在那。

「就某種意義上來說，算是初次見面吧。帝國第一暗殺部副隊長——凱恩斯。我是另一位祭司海尼斯的弟弟，今後還請多多指教。」

穿著祭服自稱凱恩斯的男子，將右手放在胸前，鄭重地低下頭行禮。

「然後，也是道別。因為這間房間，已經被強大的結界封閉了。」

「妳叫蘿賽琳，對吧？但是，妳為什麼要告訴我剛才那些話？」

阿格尼斯毫不理會自顧自威嚇的帝國男人，將視線轉向身穿女侍從裝的女子。

「……喂，我在説話耶！」

「那是因為……阿格尼斯大人，我覺得您能拯救蕾法大人。」

「你們有在聽嗎？」

「我能救她？這是怎麼回事？」

「蕾法大人的姐姐伊莎貝拉大人，擁有很大的權力。憑她一時的心情好壞，就能讓我在王都的親人們的腦袋，莫名其妙就這麼飛了。所以，我無法違抗她，我沒有足夠的能力去拯救蕾法大人。儘管如此，我還是很喜歡——蕾法大人。失去一切，被剝奪、被孤立，但無論身在何方，依然純潔高雅，而且她更是如此可愛……」

第一次看到蘿賽琳，她用如此溫柔的眼神説話。只見她跪坐著，再次直率地向阿格尼斯低下頭。

「阿格尼斯大人，請原諒我如此厚顏地請求您。請您救救她吧！」

「別無視我！」

阿格尼斯和蘿賽琳兩人，終於把視線轉向發出怒吼的凱恩斯。

「如我所言，這間房間被設了結界，完全與外界隔絕了。而且，結界頂部會隨著時間推移，或我的訊號落下。這是為了殺死你特別準備的！我得向皇帝陛下報告你悽慘的死狀。」

凱恩斯帶著勝利的笑容，喃喃地說了些什麼。

不知道是不是發出訊號了，碰地一聲，上方的壓力變強了。

就算想開門，也會被看不見的牆壁給彈回來。而且似乎有看不見的天花板，正逐漸向下逼近，為了壓死房間裡面的人。

「旁邊的大廳也設置了封印魔法的結界。現在伊格瑪爾的公主，只能任憑海尼斯玩弄、宰割啦！」

凱恩斯將手背向後方，輕哼了聲。

蘿賽琳瞪著通往隔壁的門扉，總算有些焦躁地說：

「這可……太糟糕了呀！不能使用魔法的蕾法大人，只是個有著少女興趣的普通人。該怎麼辦？『獄炎帝』！」

「妳剛才……是不是偷偷損了一下妳的主人？」

「『獄炎帝』該怎麼辦？」

「妳好像不想回答……。算了，好吧！」

阿格尼斯握住吊墜，呼喚出愛劍澤姆斯。砍向看不見的牆壁，飛濺出零星花火，握著劍柄的手瞬間發麻。

「真遺憾啊。這和之前的結界不同，這是囊括帝國技術力精粹的堅壁，無懼任何物理攻擊。」

砍擊、回彈。這兩個動作持續不間斷。

砍著、砍著的同時，結界頂越來越靠近了。

「給我適可而止！為何像個傻瓜一樣，一直重複一樣的動作？」

「蘿賽琳。話說回來，剛才的問題我還沒回答吧。」

阿格尼斯無視凱恩斯，繼續跟女侍從說話。

——請救救她吧。

自從相親見面開始，自己就很在意冰結姬。知道其原因是最近——在聖多基亞海邊道別的時候。

然而，答案已經確定了。

「——我拒絕。」

「是嗎，十分感……咦？」

蘿賽琳罕見地發出困惑聲。

「拒絕？話是這麼說的嗎？為什麼？」

「那傢伙……不會希望只能被救。」

幼時的記憶。在伊索姆尼亞魔境深處，和少女交換的話語。

「但是，那麼一來……」

「可是，如果是對等的交易，那就另當別論了。不管是幸或不幸，我們也處於困境中。的確，如同那邊的河童頭所言，這牆壁的結界……似乎不是那麼容易破壞。」

結界的頂部，似乎離得很近了，立刻就能感受到來自上方的壓力。

「我們也萬事休矣了，是嗎？」

「也不是。若是能在結界上製造出個小缺口，我就能一口氣衝破它，直接抵達大廳了。」

「……」

當蘿賽琳瞇起眼鏡後方的眼睛時，凱恩斯插話進來。

「笨蛋，最高等級的結界是不會受損的。無意義的空談就到此為止啦！快點被壓死吧！」

結界的頂部，又壓得更低了。

我砍。

我砍。我砍。

我砍。我砍。我砍。

我砍。我砍。我砍。我砍。我砍。我砍。我砍。我砍。我砍。我砍。我砍。我砍。

我砍。

阿格尼斯的斬擊如狂風暴雨般，砍向迫在髮額的透明天花板。

「……要停手了沒？單純的斬擊就能阻止被結界壓死嗎？真是個沒常識的白痴！」

凱恩斯尖聲叫囂道。即使如此，阿格尼斯也毫不歇息。

「這依然是無用功。閣下也是人，體力有其極限，力盡之時也是你命盡之時。」

「那又如何？我永不放棄的意志，是你的一千倍！」

在猛揮劍的阿格尼斯背後，蘿賽琳問道：

「對等的交易。也就是說，要您救助蕾法大人，就得有相應的付出。反過來說，您是相信她的吧。隔壁的蕾法大人，一定也會想辦法解決和大廳之間的結界。」

「嗯，是啊！」

「即使是……目前蕾法大人無法使用魔法的狀況下，她還是會有辦法嗎？」

「她會有的！」

——我們一起以『最強』為目標。

握著劍的指尖，那天被纖細的手給握住的溫暖，剎那間彷彿再臨。

「妳沒那麼軟弱吧？『冰結姬』！」

輕聲呢喃後——感覺耳內聽到「咚！」短而急促的一聲。

阿格尼斯不禁揚起嘴角，將目標從天花板移向側面的牆壁。

斬擊。

斬擊。斬擊。

斬擊。斬擊。斬擊。

斬擊。斬擊。斬擊。斬擊。斬擊。斬擊。斬擊。斬擊。斬擊。斬擊。斬擊。斬擊。斬擊。

進一步加速的神速斬擊，無限次地砍向結界頂和結界壁。擊打已經超越了所發出的聲響，房內的家具全都漂浮在半空中。結界頂和結界壁已搖搖欲墜。

「——好，接下來是我的工作了！」

阿格尼斯緊握住愛劍的劍柄，大力一揮。被說是災厄之人的先祖，所愛用的被詛咒的劍，如今已是愛不釋手，早成了身體的一部分。

瞄準的只有一點。那微小的裂痕——

「啊啊啊啊啊啊啊啊啊啊！」

氣合一閃，竭盡全力揮出的最後一擊。恍如撕裂了世界的聲響，空間內出現一道筆直的巨大裂痕。

「什麼～～～！」

伴隨著驚愕聲，凱恩斯被劍風產生的衝擊波，吹飛到了走廊深處。大廳後的門板也被劈成了兩半，前方看到許多黑衣人。

都還沒喘口氣，阿格尼斯直接就把站在大廳中央的海尼斯擊飛了，被擒的冰結姬不知何故不滿地罵出聲：

「太慢了吧！我還以為你在睡大頭覺咧！」

「說啥傻話！是妳花太多時間了！」

＊＊＊

此時聖堂的大廳中，有三股國家的勢力。

由壓倒性多數的黑衣人，所組成的吉爾甘迪亞帝國。

少數但卻擁有最強戰力的伊格瑪爾王國，以及埃斯基亞共和國。

但是，現在屹立在如大陸縮影般的空間中的，只剩下後面兩國的人。阿格尼斯衝進大廳後，風馳電掣間就讓餘下的黑衣人，全數昏死在地。

然後，「獄炎帝」走向了「冰結姬」蕾法·艾爾朵麗塔。

「我話說在前頭，是我先救了你。我如果沒在結界上開個洞，你現在還會在這個世界上嗎？」

「妳前面的話，似乎有些誤會。正因為有我，才能僅憑那一點小洞就撕裂結界。要是我沒來，妳早就到另一個世界去了。」

兩人互瞪了一眼，便同時「呼！」地嘆了口氣。

「……有點大意了，帝國的行動……比我想像得還要周全。」

「……是啊，我也得反省。似乎還要更努力……才能履行和妳的約定。」

阿格尼斯一說完，蕾法露出驚訝的神情，並摀著嘴巴。

「你還記得約定？」

「算是吧……我是想這麼說啦，其實直到在聖多基亞道別前，我都沒發現到是妳。」

蕾法停下打算拭淚的手指。

「在聖多基亞？怎麼回事？」

「哎，小時候在伊索姆尼亞魔境相遇的時候，妳不是渾身是泥嗎？在聖多基亞看到被沙子弄髒的妳，我才確信妳是那女孩。本來想等去伊格瑪爾的時候再好好確認，但是發生襲擊後就無暇顧及，所以也就不了了之了。」

「那個，等一下。在你記憶中的我，就只是個渾身是泥啊、沙啊的女孩？」

「實際上，長時間走在平原中，本來就會滿身泥沙嘛。而且，妳現在的髮色也跟那時不一樣。」

「是、是這樣……沒錯啦……」

為了奪走女兒身體的魔法研究。親生母親駭人的意圖加上被周遭隔絕，打擊致使她的髮色脫落，變成了灰色。

但是那天，蕾法的頭髮在那個約定後，便恢復了原本的光澤。

而那位始作俑者，就是眼前的男人——

「我還是希望……你能早點發現到這一點啊！」

「發現嗎……說真的，我完全沒想到……妳會變成這樣的絕世美女。」

「咿、咿、咿咿咿咿咿咿咿！你、你突然說什麼呀！」

突然被人這麼一說，臉上紅成一片的蕾法，感覺還消化不了。

阿格尼斯輕撓了撓耳後，將視線撇向腳邊。

「抱歉，我沒有早點發現……妳就是本人。但那時的事我還記得，那對我來說……是很重要的約定。」

「重、重要的……」

「蕾法小姐、哥哥！」

原本通往蕾法房間的門，啪地一聲打開了，一位綁著馬尾辮的少女跑進了大廳。

「梅？」

沒理會驚訝的阿格尼斯，蕾法鬆了口氣道：

「啊，太好了！妳沒事吧？」

「是的。我還是很在意，想瞭解一下大廳的情況，但聽不到任何聲音，門也完全打不開，我很擔心啊。看來……是教會相關人員的陰謀……不，這是帝國……？」

梅環顧四周的黑衣人，警覺地說道。

果然理解得很快。

「話說回來，梅為什麼會在這裡？」

瞥了眼詫異的阿格尼斯，梅像惡作劇似地吐出舌頭。

「這是秘密。對吧，蕾法小姐。」

「嗯、嗯……」

「蕾法大人，在百忙之中打擾您，真是非常抱歉。但您穿的長袍的前面，稍微露出了一些。」

蘿賽琳突然從旁插話。確實，蕾法長袍的前半部有些開了，可以窺見裡頭的黑色內衣。胸和腰部的布料既薄且透，面積還非常狹小，蕾法那豐滿的胸脯，露出了一大半在布料外，更加明顯地主張著存在感。

只是——作為戰鬥服，幾乎沒有防禦作用。

「嗯……這可不適合穿來決勝負。」

「雖然您說得也沒錯，但這才是女性的決勝服啊！哥哥！」

「呀啊！」

總算想起自己穿著什麼樣內衣的蕾法，趕緊遮住長袍的前襟。

「別、別看！色狼！變態！」

「等、等等！妳說這什麼話，我不是變態！是『最強』的……」

「『最強』的變態！」

「我可不喜歡這個稱號！」

阿格尼斯撓了撓頭，把視線從蕾法身上移開。

「但、但是，我覺得很好看。」

「咦？」

「不……感——覺有點……該說是……心跳加速嗎？」

「真、真的……？」

全身都慢慢變紅的蕾法，越來越像章魚。

蘿賽琳一邊替她綁好長袍，一邊說道：

「能讓這個男人說出這種話，姑且算是成功的吧。請感謝我，蕾法大人。」

「蘿賽琳。話說回來，為什麼妳會在『獄炎帝』的房間裡？」

「這是秘密。對吧，阿格尼斯大人。」

「唔唔……」

蕾法鼓起臉頰的時候——

「啊，好痛！真是太亂來了吧！『獄炎帝』！」

大廳深處，傳來悠哉的聲音。

本應該被阿格尼斯擊昏的白髮祭司，不知何時醒了過來。

「……真驚人。我這打擊的程度，原本是打算讓你昏迷個幾天耶。」

「你是不是太小看帝國部隊長了？話說回來，你也相當不合常理耶。多少我是有些自滿，不過能在短時間內，把最高等級的結界開出一個洞，還能用劍斬裂它，這跟本就是在預想之外。」

海尼斯看著兩位「最強」，如此自嘲。

「但是，本以為是名義上的政治聯姻，但是埃斯基亞和伊格瑪爾……看起來比想像中的還要密切呀！果然，在上次相親時，應該確實地殺了你們。」

「……怎麼說？」

蕾法納悶地看向他。

「我也在場的第二次相親上，端給你們的茶壺裡，放了猛烈的毒藥。可是第一次是被『獄炎帝』撞破桌子，茶具都摔碎了，第二次倒是喝了一口，卻只說『難喝』。那可是能在幾秒鐘內，毒殺猛獸的毒藥耶！你到底是怎樣的怪物啊！」

「是這樣嗎？所以那時你要我別喝茶，原來是察覺到了可能有毒？」

「嗯、啊啊！對啊！」

因為蕾法難得以崇敬的目光看向自己，所以阿格尼斯說不出口……其實是因為真的很難喝。

大概因為常常對付有毒的魔物，所以不知道什麼時候，身體對毒也有了抗性吧。

「抱歉了，海尼斯。沒想到這個世界上，存在著能破壞那結界的人。」

從阿格尼斯房裡走來的凱恩斯，露出苦澀的表情說道。他應該也被劍壓轟飛了，但好像沒有受到嚴重傷害。

雙胞胎的哥哥海尼斯，微微聳了聳肩。

「毒殺失敗。伊格瑪爾的突襲也失敗。所以這次花了點功夫，叫來『獄炎帝』和『冰結姬』並用結界隔開。阻斷魔力分子，封印『冰結姬』的魔法；使用壓縮結界，讓『獄炎帝』縛手縛腳，可說是準備到萬無一失了……」

「然後，又失敗了呀……真遺憾……」

「同情我嗎？而且千里迢迢帶來的精銳部隊，幾乎全軍覆沒。」

白髮的海尼斯看著地下的黑衣人，突然放聲大笑起來，不知道他在笑什麼。

已經綁好長袍的蕾法，走近雙胞胎帝國兵。

「只剩下你們兩個了，立場顛倒過來了吧。」

冰雪在眾人的四周飛舞。結界崩壞後，魔力分子又開始供給了。

「……只有兩人？哼，蠢蛋！」

黑髮的凱恩斯跑到窗前，放聲高呼。

「少得意了！為了不讓你們逃跑，外面早就佈下無數兵馬了！」

拉開巨大的窗帘，凱恩斯只發出了聲：「啥？」

外面彷彿籠罩在黑夜之中。聖堂外頭，的確埋伏著一大群黑衣人。然而，他們全都癱臥在草地上，彷彿睡著了一般。一群身穿著盔甲的人，站在黑衣人之中仰望著他們。

那夥人中央，有位環抱雙臂的女子。

「露西亞娜？」

短髮褐色肌膚的美女戰士，害羞地揮著手。

「團長！我有種討厭的預感，所以就把大家都帶來了。因為看到這些人舉止有些怪異，直接就先打倒了。」

露西亞娜四周的阿格尼斯軍團的團員們，紛紛詫異地扭過頭。

「我迷迷糊糊就被大姐帶來了，結果是這些傢伙啊？」

「是蠻強的，但在總被『最強』團長修理的我們看來，這些傢伙也沒什麼。」

在眾人你一言、我一語之下，阿格尼斯淡淡地對雙胞胎說：

「好了，接下來呢？我們可有很多問題想問。」

「…………」

和表情明顯怯弱的凱恩斯相比，海尼斯倒是冷靜得叫人意外。

「這就是『最強』啊。是個好機會呢，機會難得就來聊會兒天吧？」

「聊天？」

「嗯，究竟什麼是強？」

「……？」

海尼斯淡然拋出的問題，令阿格尼斯緊鎖了眉頭。

「什麼是強？是在累得半死的鍛鍊後，所獲得的成長？還是因為出生時，上天所賦予的才能？你們兩位覺得『最強』又是如何？」

面對突如其來的奇怪問題，阿格尼斯和蕾法面面相覷。

「廢話，兩者皆是吧。但是，我有時會很空虛。因為，即使反覆進行地獄般的特訓，或被賦予了驚人的才能，只要人還是人，就無法脫離這個器的限制。比如說，無法像魚一樣在水中悠游；也不能像鳥一樣在空中翱翔。」

「人如果努力堅持，應該是可以潛水一個小時吧？」

「根據術式的組成方式，人多少能飛行一下吧？」

「如此不合理的只有你們！不過，我們帝國也有幾位同樣脫離人類範疇的人才。但是，無論如何都是有限度的。那麼，該如何是好呢？魔法動態學、魔力分子遺傳學、古代魔導學，我們運用了所有學科進行研究，到底什麼是強？」

「……你剛才說了什麼？」

站在一旁的梅，警戒地問道。

「就說我的結論吧。所謂強大就是『超越』，這是一種不連續的跳躍，跨過一個人的限度，到達另一個領域。」

海尼斯如是回答，並從懷中掏出一個——綴有奇妙幾何圖形的黑色晶體。

「──！」

弟弟凱恩斯焦躁地喊了出來。

「海尼斯，等等！那個無法控制，應該還在實驗階段啊！」

「這不是很好嗎！你已經準備好了吧？就在這裡試試看這個吧？」

凱恩斯極力撐開他細小的眼睛。

「……難道，我們已經被植入了？」

「感到榮幸吧！我們是被皇帝陛下所選中的──榮耀的實驗體！」

「唔哈、哈哈哈哈哈哈！太棒啦！早點說嘛！」

凱恩斯欣喜若狂，狂笑不已。

感覺腳下有股涼意。

那是，只有在戰場上出現重大危機時，才會喚起的特有的恐懼。

──不好的預感。

阿格尼斯叫出愛劍澤姆斯，舉起劍刃。

「蘿賽琳！快帶小梅躲起來！」

蕾法大聲呼叫後，雙胞胎帝國兵極為鄭重地說道：

「吉爾甘迪亞的榮光。皇帝陛下──萬歲！」

海尼斯手中的黑色結晶落在地上，發出清脆聲響、裂開。同時在空間中，浮現出淺綠色的淡淡魔法陣。

「咚——！」彷彿世界跳動的地鳴。

「咕嘟嘟嘟嘟……」

雙胞胎發出好似喉嚨被撓著的呻吟。他們的手指、手臂從尖端開始，依序被漆黑所侵蝕。

「雖然不知道是什麼，但感覺很不妙。」

「我會阻止下來的。」

唔！

阿格尼斯和蕾法先聲奪人，火炎和冷氣立刻包圍住雙胞胎帝國兵。

但是，雙胞胎帝國兵雖然被燒、被冰，竟然也只是抱頭呻吟而已。

只見他們的雙目滿布血絲，體內浮現出青黑色的血管，嘴角生出尖利的獠牙，皮膚像是剝落般長出黑色斑點。疑似墨水滴落在表皮上，越擴越大、越擴越大，漸漸將身體染成漆黑一片。

已經不見人形了，那副姿態簡直就像——

「……魔獸？」

阿格尼斯怔然地喃喃自語。

所謂強大就是「超越」，海尼斯是這麼說的。

藉由鍛鍊提升自我，竭力發揮才能，全都不是其中任何一項。這是由超科學所煉化的——超越人類生命體的非連續蛻變。帝國竟然已經開發出這項技術了。

——魔獸化。

海尼斯和凱恩斯在不知不覺間，全身開始劇烈膨脹。細小的手臂迸裂，從中生出宛若圓木般強韌的肌肉塊。帝國暗殺者在經歷反覆的撕裂、再生，這一撕心裂肺的蛻變之後，繼而演化成某個異樣的物種。

二倍、三倍、五倍！不，他們甚至迅速脹大到原來的十倍大小。

閃爍著黑光如巨岩般的肉體。與天花板齊高的頭部並沒有眼睛，只有張成月牙狀的開口。恰似一座小山般的背部，凸起了幾塊不規則的黑色肉疣。軀幹上有一張還是人型時的臉孔，但卻毫無任何表情。

吼啊啊啊啊啊啊啊啊啊啊啊！

撼動大地的咆哮，兩隻巨獸豪邁地伸展著牠們的肢體。

地裂牆塌，新建的聖堂開始搖搖欲墜。阿格尼斯一邊揮開落下的瓦礫，同時左右顧盼。

「梅，妳在哪？」

「沒事的。蘿賽琳執行任務不曾疏忽過，應該確實避難去了。」

的確看不到梅和蘿賽琳的身影，阿格尼斯目不轉睛地盯著蕾法的面龐。

「知道了，我相信妳。」

然後緊緊握住她的手。

「等！你、你這——」

「到外面去，這裡要垮了。」

不知道是不是沒能操控自如，兩隻魔獸沒頭沒腦地胡衝亂撞，石造的大聖堂瀕臨崩塌，天花板快速坍毀，沉重的岩盤落了下來。

「哇啊！」

阿格尼斯拉著叫喊出聲的蕾法的手，從三樓一躍而下。在落地前，他向副團長喊道：

「露西亞娜，快帶團員們離開！」

「了解，團長請小心！」

「不用擔心，妳當我是誰啊！」

「我知道了，大家快走吧！」

在聖堂發出崩裂聲徹底倒塌時，露西亞娜把團員帶到了山丘下。跨過一座座瓦礫堆，兩隻巨獸在黑夜中咆哮。在月光的照耀下，其漆黑的妖異輪廓，透散出某種神祕光輝。

「喂喂，那是什麼？是世界末日了嗎？」

在山丘下避難的團員們的話語．乘著風傳到了阿格尼斯耳中。

其中一隻吐著猛烈氣息，向阿格尼斯襲來。軀幹上的人臉已然不成人形，分不清誰是哥哥、誰是弟弟。帝國的男人變成了純粹的殺戮野獸，只見牠高高舉起雙臂，猛力搥向阿格尼斯。

快速，且強勁。

地面彷彿炸裂般向八方飛散，大地被掘出了一個深坑。

這時，山丘下傳來另一道聲音。

「沒事的，世界怎麼可能會終結呢。」

阿格尼斯身體一扭，僅毫釐之差險些被搥死。

腳尖踩在魔獸的身體上，垂直跑向牠的頭部。

「因為，哥哥是──『最強』啊！」

「啊啊啊啊啊啊啊啊！」

飛躍其上的阿格尼斯。烏黑的瀏海隨風擺盪，揮舞出的愛劍在月光下閃閃發光。

──斬！

在黑色巨獸脖子上，一招橫一文字斬，伴隨著穿雲破空的臨終哀鳴，牠的腦袋落了下來，軀體慢慢傾斜，最終倒地發出巨響。

不清楚魔獸核在哪的話，就先把頭斬下。即使是異形科技、敵人魔獸化，也是以此為前提來動作。

「還有一隻！」

蕾法揚聲道。

絲毫不在意自己兄弟已然倒地，另一隻魔獸猛衝過來。

「牠，我來處理！」

有蕾法在身後負責的阿格尼斯，鬆了口氣。

可能就是那一瞬間的疏忽。

「鏗！」

鈍器擊中的聲響，阿格尼斯的身體飛了出去。

身體彈飛在空中，像顆石子一般在地面飛騰了多次。

「哥！」

「團長！」

聽到梅和露西亞娜的尖叫，阿格尼斯死命地調整姿勢。胸口有幾處地方，似椎心般疼痛。估計是斷了幾根肋骨，但無暇顧及了。畢竟，還搞不應清楚是怎麼回事。

「……什麼？」

阿格尼斯不由得瞪大了他的紅眼。在夜色中，搖曳著兩隻巨獸的影子

本應該被砍掉的腦袋，不知何時恢復了原狀。不，被砍掉的腦袋還滾在地上，所以是從傷口中再生的！理解了，從背後攻擊自己的，是那隻又生出腦袋的黑獸。

前方的蕾法凝結出宛若冰山大小的冰塊，施以旋轉並撞向另一隻魔獸。

扎實地擊中敵人頭部後，像是黑色結晶般的東西，彈飛到黑暗之中。

核心粉碎了。但——

「什麼呀？」

這次，換成蕾法驚呼了。

怪物的頭就像花朵般，從滴著黑色黏液的創口處，重新長了出來。

「肉體的再生技術？還是核心再生？帝國已經進步如斯了？」

蕾法的話中，流露出緊張感。

剎那——

「快躲開！」

阿格尼斯飛撲過去，一把推開了蕾法。

蕾法剛站著的地方，有一道巨大的白光，從正上方狠狠劈下。大地被鑿出了個大洞，白光「轟！」地一聲向四周擴散。彷若無數條白蛇從洞中一齊鑽出，空間中有一道白線飛馳而去。

「唔！」

「呀啊！」

餘波的影響下，滾在地上的兩人都身心俱疲、四肢麻木——是超強力的雷擊。

「另一頭要來了！」

躺臥在地上的蕾法，高聲喊道。

抬頭一看，正上方有無數顆黑色球體。每一顆都是人類體型的大小，如雨般落下。

蕾法立刻以兩人為中心，製造出冰穹壁抵禦攻擊。但——

「咚咚咚咚咚咚咚咚！」

一觸及冰壁，球體便會爆炸，發出轟鳴聲的同時，還會揚起奔騰氣浪。

在無盡的轟炸風暴中，擁有最高硬度的冰穹壁崩裂了。

「唔！」

阿格尼斯稍微仰起上身，把劍尖倒插在地。

同時趴在地上的蕾法，迅速地在地面上畫出「投射」魔法陣。

由於爆炎引起的反作用力，加上魔法的反射，兩人的身體都被彈飛了，千鈞一髮之際避免被擊潰。終於和兩隻巨獸拉開距離，蕾法拭去額上的汗水。

「白色閃電和地毯式轟炸？剛才那是他們的能力？」

「好像是。再加上超強的再生能力，真麻煩啊。」

阿格尼斯額上汗水涔涔，深嘆了口氣。

——想吞掉國家嗎？不，搞不好就是這樣。

這種影響力。以等級來說，是足以毀滅國家的最高等級魔獸。

「喂喂……」

阿格尼斯抬頭看向黑暗的天空，不禁發出了聲。

兩隻巨獸雙腳一踏，便躍上了高空。從背上長出的幾個扭曲凸起，掙扎地上下揮動。飛翔。

「喔喔喔喔喔喔喔喔喔喔喔喔！」

雷光。其中一隻頭上閃爍出白色光芒，向八方射出雷擊。

「唔啊啊啊！」

蕾法瞬間創造出一個巨大冰盾。

閃光像樁一般釘入冰盾的表面，並噴濺出激烈的花火。

連擊、連擊、連擊！就像固執地想要穿透盾牌般。『冰結姬』不間斷運用魔力創造出盾牌，防禦住不停劈過來的雷擊。

四散開來的雷電，襲向聖堂山丘的森林，許多樹木紛紛斷裂。

「啊啊啊啊啊啊啊啊啊啊！」

轟炸。另一隻跟著咆哮，就像在呼應牠的攻擊般，從空中投下密密麻麻的黑球。

「啊啊啊啊！」

這次，輪到阿格尼斯舉起他的愛劍澤姆斯。

獄火的衝擊波射向天際，在無數炸彈落地前就將其引爆。

火焰和爆炸。「獄炎帝」無止息地向夜空放射火焰，恰似一條赤色的鎖鏈連上天邊。即使如此奮力，沒擊中的球體依然落在地面，並炸裂開來。爆炸聲和火花四濺，把大地轟出一個個窟窿。

雷擊和爆炎飛散，綠色大地逐漸被抹成焦土。

沒有任何標的，那兩頭凶獸只是想將一切摧之殆盡。所幸從山丘撤退的露西亞娜他們，早早就遠離了災區。周遭的林木已然消失，山丘也不再是山丘。

或許是身體控制不暢吧，猛地降落在地的黑獸忽地失去平衡，斜撞向大地。兩隻魔獸都朝著夜空嚎叫，顫顫巍巍地站起。

蕾法擦了擦額頭上的汗水並說道：

「那兩隻到底是怎麼回事啊？簡直就像兇惡無比的幼崽。」

並肩在旁的阿格尼斯，用傷痕累累的手臂橫握著黑刃。

「幼崽嗎……這麼說來，確實需要更嚴格的教導啊。」

「來吧，讓我們來一探究竟吧！」

閃過敵人的波狀攻擊，再給予敵人打擊。如果對方再生，就擊打到牠無法再生。誰會先敗北呢？「最強」和「最惡」的耐力競賽。

兩人研磨心志使其澄明，蹴地一蹬。

爆炎噴發、冰雪飛舞。

雷光迅馳、業火疾掣。

當感覺夜晚被焚燒得通紅時，轉瞬間即閃爍出璀璨的白光，巨獸的雄姿在火與光之間，斷斷續續顯現。

「最後的聖戰……」

山丘下，一位遠離主戰場的士兵喃喃道。

然後——

「比想像得還要頑強……」

「意外的麻煩……」

拼命攻擊巨獸，並阻止對方行動。而且只要一有機會，就試著斬斷其首手，或凍住其膝足，更試著將其灰飛煙滅。然而，巨獸依然會一次又一次地復甦、再生。

呼吸急促的阿格尼斯和蕾法，互相背靠著背。

雖說是「最強」的兩人，但也是終究還是人，人類有其極限。

不論體力、精神力。

無論殺掉多少次，像是會無限增殖般復活的敵人，其產生的壓力漸漸削弱了自身。

越來越多的傷口和出血，不間斷滋擾的疼痛，降低了注意力。

被敵人步步進逼，只得頻繁向後退，兩人的背緊緊靠在一起。

「哎呀？你剛才的氣勢去哪了？『最強』劍士。」
「說啥傻話，妳才是呢！繼續退下去，可有損『最強』魔術師之名。」
二人吸了口氣。
「所謂『最強』……是多強——呢！」
「怎麼了嗎？」
「不……」
「咕咕嚕嚕嚕嚕嚕嚕嚕嚕嚕嚕！」
兩隻魔獸像是已然封住兩人去路般，慢慢收攏靠近。
彷彿是在玩弄變得虛弱的獵物，黑漆漆的臉面上，令人感覺滿是歡愉，牠們本能地被破壞衝動給驅使。正如凱恩斯所言，這完全無法控制。這兩具魔獸軀體，似乎已經沒有人類的意識了。單純只是為了破壞一切，而徘徊世間的純粹黑獸。
什麼是強——至少不能像這兩頭可憐的野獸，突然就這麼降世，無法控制自我也無法回頭。
「果然，需要對這些傢伙教育一番啊！」
「同感，得好好教訓牠們一頓。」
二人背對背，看向敵方。
「喔喔喔喔喔喔喔喔喔喔喔喔喔喔！」

雷光，爆炸。

蕾法用厚實的冰穹壁，防禦敵人傾瀉而來的散彈攻勢。其中能貫穿厚壁的攻擊，則被阿格尼斯用爆炎轟飛了。即使抵禦住了，衝擊產生的餘波，仍侵蝕著體力下滑的身體，骨頭吱吱作響，血又流個不停。敵人無限的再生能力和無窮盡的攻擊，似乎更突顯出人類的極限。

蕾法向微微屈膝的阿格尼斯喊道：

「『獄炎帝』！」

「只是稍微腳滑，不用在意。」

蕾法有些驚訝地，轉頭看向重整姿勢的劍士側臉。

只見他的額頭上，汗如雨下。說起來，這個男的在戰鬥初期，就受到敵人正面一擊，想必連骨頭都有裂痕了。在這樣接連防禦對方的狂轟猛炸，骨頭恐怕會一根根斷裂。

但令蕾法感到驚訝的，並不是這一回事。

──他在笑。

在如此困境中，阿格尼斯笑得很開心。

「在伊索姆尼亞魔境內，也罕有如此高等的魔獸。能利用牠們來鍛鍊，我還會變得更強！」

「你是……傻了嗎？」

「別說得這麼認真啊。」

於是，蕾法忽然露出嚴肅的表情咕噥道：

「……是這樣啊。」

「怎麼了？」

「話起來，魔獸也是有分等級的吧？正如你所言，這些怪物顯然是非常高等級的魔獸。再怎麼開發技術，能突然創造出這種不講理的魔獸嗎？」

「也許不能，但現在就在我們的面前。」

「我想只可能是一種做法。以前我曾嘗試解讀過古代魔法書，但只看懂了一小部分……」

蕾法吞了口唾沫後，繼續說道。

「……書上確實記載著……將實際存在的魔獸核，移植到人類身上的技術。」

「……？」

「雖然無法立刻相信，或許帝國解讀了古代魔法書……？但仔細回想起來，帝國兵在變成魔獸前，確實有說過被植入這種話。也就是說，果然是有隻作為原型的魔獸。」

「……是這麼回事啊，難怪強得要命。這麼說來，帝國只有開發魔獸化技術，沒有開發再生技術。」

上述解釋都不重要。

「「重點是之後，我們要如何同時打倒敵人？」」

二人一起喃喃道。

帝國的魔獸化技術，推測是以實際存在的魔獸，為基礎而製作出來的。

無限復活的身體、雙胞胎、異屬性攻擊。

而且把背部的凸起，看作是不完整的翅膀，便會聯想到某隻魔獸。

那是在之前相親中，忽然提起的話題。那隻阿格尼斯曾艱苦對抗的魔獸，不論敲碎牠的腦袋幾次，都會再生的棘手敵人。

——帶來死亡的黑翼，雙頭龍沃拉米斯。

而且，攻略方法是同時擊倒兩顆頭。

不能先砍下一顆，再斬另一頭，必須兩邊平等、同時。

只是第一次的共同作戰，早已身心交瘁，且面對的又是這種敵人的情況下，達成此一目標並不容易。考量到剩餘的力氣，恐怕機會只有一次。

「好了，該怎麼做？我們從來沒有訓練過聯合技。」

「哎呀，身為『獄炎帝』竟然感到不安嗎？那我來配合你吧，你就挑你喜歡的時機儘管出手。」

「說什麼傻話，這樣的話妳會跟不上。我來配合妳吧，妳先攻擊。」

「你說這什麼話？你才會跟不上！」

「啥？妳覺得我會比妳慢？」

「這句話，我原封不動地還給你。」

空氣逐漸繃緊時，兩人同時嘆了口氣。

「那……就這麼決定了。」

「是呀。」

那就乾脆不要勉強配合。

在兩個敵人之間，只在兩人各自認為是最好的時機，放出最快的技能。

判斷力、速度、威力。

如果彼此的力量能相抗衡，也就能同時摧毀敵人。

阿格尼斯緩緩舉起愛劍澤姆斯，將漆黑閃耀的劍鋒直指夜空。彷彿正把大地的能量，聚集在劍尖上。

蕾法舉起右手，五個臂展大的魔法陣，瞬間顯現在夜空中，像是組成一根巨大圓柱般呈縱向排列。那是同時控制多重魔法陣，使其齊一發射的超高等技術。

「吼喔喔喔喔喔喔喔喔喔喔喔喔喔喔喔喔！」

察覺到古怪的兩隻巨獸，同時發出咆哮。

前面、後面，強烈的威壓感，陣陣進逼。

「喂，那就交給妳了喔！」

「——啊，嗯、嗯！」

突然來這麼一句，令蕾法一時間說不出話來。

輕蔑、畏懼。對蕾法來說，人類的反應分為這兩類。

然而，現在這男人的話語，既不是苛刻的命令，也不是恐懼的哀求，而是與對等的人、事、物毋需多言的「信賴」。

——我們一起以最強為目標。

顫抖的少年；孤獨的少女，兩人都一直堅守著——或許是孩童戲言的約定。那是不可讓步的決心，同時也是堅定不移的信任。

——啊，是這樣啊。

蕾法突然理解了。

我也要變強，成為「最強」——如此宣言的那一天。

周圍的人都希望自己死去，以及那時不願服輸、奮發圖強的決心。那是因為——

——也許……我只是希望能站在這男人身旁。

為了不讓人看到她臉紅的蕾法，充滿氣勢地看向前方。

「你才是，別扯我後腿呀！」

「瞎扯什麼呢——！」

緊貼著彼此的背上，呼吸和心跳漸漸契合。

那是叫人不可思議的——一體感和舒適感。

吸氣、吐氣。

吸氣、吐氣——吸一大口氣。

——獄破斬！

阿格尼斯將餘下的力量，全部灌入雙臂。揮出的黑色劍刃撕裂大氣，產生的爆炎化作熊熊燃燒的灼熱砲彈，焚燒著夜空直飛向眼前的巨獸。

——冰魔砲！

冰寒的冷氣形成漩渦，聚集在蕾法面前。穿過五重「投射」魔法陣後，爆炸性地加速，變作絕對零度的冰塊，猛擲向怪物。

毫無辦法能躲過神速飛來的紅藍雙色砲彈，兩隻巨大魔獸的頭部就被轟飛了。

然後——兩隻漆黑野獸同時在大地上華麗地轉了一圈後，斷線般地趴伏在地。

「…………」

是否會再次復活，所有人都屏息等待著，但兩頭魔獸已然完全停止了動作。

牠們的胴體最終化為黑色粒子，消散在夜色之中。

「終於打倒了……」

「好累……」

兩人背對著，又像是相互依靠著，哧溜地席地而坐。

「哥哥！」

「團長！」

「蕾法大人！」

梅、露西亞娜、蘿賽琳跑上山丘。

撫動草原的初夏夜風，讓肌膚感覺格外溫柔。

「嘛，雖說是同時，但還是我比較快一些吧！」

「說這什麼話，當然是我比較快！」

兩人藉由相抵的背，感受著對方的存在，一起嘆了口氣。

望著完全毀壞的聖堂，阿格尼斯喃喃道：

「相親又要中止了啊。」

「嗯，應該吧。」

「……」

阿格尼斯沉默了一會兒後，從懷中拿出一封信。

「話說回來，我接到這樣的命令。攏絡妳，否則就殺了妳。」

蕾法接過信看了看，然後靜靜回道：

「這……真巧啊，我也是。」

瞬間降臨的寂靜。

阿格尼斯感受到背後的背，變冷、變僵了。

如今相親失敗，指令只剩一個。

「……你想怎麼做？殺了我嗎？」

「我是埃斯基亞的軍人，必須保衛國家。為此，如果是令人信服的命令，我會服從。所以到這裡之前，我一直在思考，該不該執行命令。」

「……結論是？」

「我想不出來。所以，我放棄思考，想先見妳一面。」

「那……現在呢？」

蕾法的語尾有些顫抖。

「是啊。妳是伊格瑪爾的王位繼承人，又是個厲害的魔術師，個性出奇地強硬，自尊心又高，而且還很愛生氣。」

「突、突然說這些是怎樣？」

「可是，妳吃魷魚串燒吃得很美味，一個人的時候會露出寂寞的表情，覺得妳很會做飯時，又突然拿出一道味道很獨特的料理。」

「等、等一下啦！所以呢，你到底想說什麼？」

阿格尼斯撓了撓頭。

「嗯，是怎樣呢……也就是說，最後我都會不知不覺想到妳。我之前問過我妹妹，她說這就是所謂的……喜歡……」

「……唔！」

蕾法屏息別過了臉。

即使在昏暗的夜色中，也能瞧出她雙頰之紅。

「簡單地說，我似乎迷上妳了。」

「哈、啊、呼、唄！」

蕾法的臉，越變越紅。

明顯已經倉皇失措的冰公主，輕聲地回覆說道：

「我……我也……一直……大概……………」

一直，從以前就……

彷彿回到了少女時的對白，蕾法悄聲說道。

阿格尼斯不知道該怎麼回答。即使回想戀愛指南書，也找不到此時此刻該說的話。

不過，察覺到內心有股奇妙的暖意，一種怦然心動的感覺。

攏絡，否則就殺了她。

如果被國家強迫二選一，這樣是否意味著……雙方相互攏絡了對方？若是如此，雙方都算成功完成了任務。還是搞不太清楚結果。

但，就算了吧！阿格尼斯如此心想。

從背上感受著對方的呼吸，現在寄身於夜風中也不錯——

梅輕輕地把手放在——從遠處觀望兩人的副團長肩上。

「露西亞娜小姐，那個……」

「沒事的啦，小梅。我以為我一直支持著團長，雖然實際上也沒錯。但是，當遇到真正兇惡的魔獸時，團長是不會讓我靠近的，他終究只是想保護我。」

露西亞娜平靜地繼續說道：

「我是頭一次，看到團長能信任地將背後託付給別人。雖然感到悲傷，也很不甘心，但即使如此，團長確實需要這樣的對象。目前為止，團長都是一個人，沒有人能夠與他並肩，一直都……一直都很孤獨吧！」

只能繼續當「最強」。

在沒有道路的荒野上，形單影隻地向前邁進，所背負的沉重壓力是什麼樣的呢？

露西亞娜的眼角，滴下了一滴淚。

「雖然很不是滋味，但有點……安心了。好怪呀……我……」

梅溫柔地撫摸著她的肩膀。

「露西亞娜小姐……那個，下次一起喝一杯吧？不過我還不能喝酒。」

「黑市有未成年能喝的酒，下次我叫羅恩採購回來。」

「咦，有那種東西呀？那我們約好了喔！」

「……嗯，約好了。」

露西亞娜終於笑逐顏開，帶領團員們離開山丘。

目送她離去的梅，將目光轉向兩位「最強」。

「那個，哥哥！」

睡著了。不只有阿格尼斯，蕾法也睡著了。

彷彿回到孩提時代，一臉純真的睡容。

「果然耗盡氣力了吧。見到他們這副模樣，誰都不會認為這兩人是『最強』的劍士和魔術師吧。」

不知何時，旁邊站了一位戴著眼鏡的女侍從。

梅望著蘿賽琳端正的側臉，懦懦地說：

「那個，謝謝妳剛才救了我。」

「不會。沒辦法，因為是蕾法大人的命令。」

「我就知道妳會這麼說。」

蘿賽琳將視線從聳聳肩的梅身上移開，轉向蕾法安逸的睡臉。

「不希望只能被救……嗎？您比我想像中，還要堅強得多了……有點嫉妒呀……」

「……？」

面對困惑的梅，蘿賽琳深深地低下頭。

「今後，務必請您多多關照。梅．萊斯特大人。」

「怎、怎麼了？突然這樣？」

「沒什麼。只是……似乎得多往來一段時間了。」

面對抬起頭、嫣然一笑的蘿賽琳，梅也微笑回應。

接著兩人一起轉頭，看向背靠背睡著的兩位「最強」。

「那樣的話，就太好了呢。」

兩顆流星……輕輕地劃過滿天星斗的夜空。

尾聲

埃斯基亞共和國的首都——坎巴哈爾。

拉爾夫把梅的信扔在桌子上，輕嘆了口氣，然後栽進辦公室的椅子中。

帝國的魔爪……已經伸入負責仲介的神聖教會了，甚至還擁有將人類魔獸化的駭人技術。拼湊出的驚人事實，令拉爾夫眉頭深鎖。

順道一提，被雙胞胎祭司軟禁在遠處地下室的女主教，在看到坍塌的聖堂和山丘後，不知為何突然頓悟，似乎決定要在本部任職了。

「帝國的威脅……比我想像得還要急迫嗎……？」

拉爾夫低聲自言自語。

不過，別說是魔獸了。一到早上，連黑衣帝國兵都消失得乾乾淨淨，連一點痕跡都沒有留下。

另一方面，在梅的信件中，表明了阿格尼斯和蕾法越來越親密，甚至對於婚姻也是正向發展。雖然和上層當初設想的狀況不同，但從兩人共同對抗帝國的身姿中，也看到了同盟抗敵的曙光。

Saikyoudoushiga
Omiaishita Kekka

「……平等的同盟，你們覺得這種事有可能嗎？」

長期待在邊境的阿格尼斯和梅，他們並不清楚本國和伊格瑪爾王國之間，真正的來龍去脈。

拉爾夫深深地嘆了口氣，離開了辦公室。

伊格瑪爾王國的王都——芬里爾。

伊莎貝拉輕輕地扔下蘿賽琳的信，抽著紫煙並從沙發上站起。根據報告，帝國的獠牙似乎確實就在左近，這種不寒而慄的存在感，叫人異樣地不舒服。

「好像……沒太多時間繼續玩鬧了呀。」

伊莎貝拉褪去裹著身子的薄布，站在鏡子前。

她滿意地看著鏡子中，自己精心打造出的完美比例身軀。

接著，慢慢把手放在左眼上……挖了出來。

琥珀色的義眼。

是在那次事故中，連同母親一起失去的。

「無論是製作得多麼精良的複製品，一旦失去的東西，就再也不會恢復原樣了……」

伊莎貝拉握住取出的眼球，咧開了嘴角。

「人和國家都是一樣的吧！喂，對吧？」

那足以魅惑惡魔的含嬌細語，伊莎貝拉喀喀地笑了出來。

＊＊＊

「你有什麼事嗎？」

「啊，沒……」

神聖教會馬拉多利亞區。在緩慢進行重建的這片土地的角落，兩位男女相望著對方。

「獄炎帝」和「冰結姬」，埃斯基亞國和伊格瑪爾國「最強」的兩人。

「是你找我出來的吧！有、有什麼事嗎？」

「嗯、嘛，雖然是這樣……」

阿格尼斯一下子別開眼神，一下子又撓撓頭。

這一天，阿格尼斯又以箭書將蕾法叫來，約在中立地帶的神聖教會舊址。

但是，互相告白後的初次幽會，兩人都不知道該採取什麼樣的態度來面對，從剛才開始就一直不敢直視對方。

「不，我有個東西想交給妳。」

阿格尼斯終於下定決心説道，掏了掏懷中的口袋。

拿出一只小木箱。

蕾法驚訝地眨了眨她蔚藍的眼睛。

「這、這是……？」

「可以的話……就請收下吧！我想……應該正合妳手指的尺寸。」

「咦咦咦、唔唔、啊啊啊啊！」

蕾法接過木盒，連耳朵都被染紅了。

「怎、怎麼突然這樣……」

「請別介意。這是特別訂製的，我希望妳能戴上。」

「哇哇、啊、啊、啊啊啊啊！」

蕾法顫抖著唇，滿心期待、小心翼翼地打開盒子。

然後——

「……這是……什麼？」

蕾法拿起的是，銀光燦爛的——手指虎。

「雖然我猶豫了很久，但還是覺得妳需要。雖然魔法能力一流，但肉搏戰實在太弱了。所以關鍵時刻就用它，狠狠往對手的臉上打，對方就會畏縮了。」

「…………是啊……嗯、嗯……是呢……我明白了……」

蕾法的面頰一邊抽蓄著，一邊慢慢地套上手指虎。

就像在測量般，套得紮紮實實的。笑瞇瞇的「冰結姬」下一個瞬間，將拳頭舉到了最高極限。

「你最好……多學學一點女人心！」

「等、等等！為什麼？」

傾盡全力的右直拳，直直揍向阿格尼斯的臉。

…………

「──那麼，我回去了喔。這我就先收著吧，真是多謝你了！」

「啊、啊啊……」

之後，蕾法拋下捂著臉的阿格尼斯，大步離開了馬拉多利亞。

「真是的，真不敢相信！」

要是有送心上人手指虎的戀愛小說，我還真想拜讀呢！

蕾法怒氣沖沖地盯著手上的手指虎。

「……嗯？」

她突然發現到。

仔細一瞧，手指虎上有刻著小字。

凝神細看，上頭寫著這些字。

──一起，向前走吧！

「真、真、真是的，那男人到底是怎樣？」

今天一整天，忙著驚訝又忙著生氣。

感受到脈搏急劇加速，蕾法有些驚慌失措。

這到底是什麼意思？

該不會是求婚的定情物吧？不覺得那還太早了嗎？而且也太唐突了！完全沒準備好接受，但又覺得很丟臉，已經什麼也分不清楚了啦！

但是，我覺得這句話挺不錯的。不知道為什麼，感覺很適合自己。

通往最強的道路。

通往同盟的道路。

通往和平的道路。

每條路都既高且陡，一個人的話也許無法到達。

但，兩個人的話。

「嗯，走吧。——一起！」

蕾法抬頭望向蒼穹，玩味似地喃喃道。

後記

大家好，我是菱川さかく。

非常感謝您，願意購買及觀賞我的新系列「最強之間的相親結果」。

強者的心情……究竟是怎麼樣的呢？

這是某本知名漫畫的台詞（如果不知道的話，有興趣就搜尋看看吧），到底是什麼樣的心情呢？

如果，自己得到了他人無法企及的強大力量。

炫耀這股力量，貫徹自我、姿意妄為也是一樂。

隱藏這股力量，適度發揮、悠然自得地生活也是一樂。

但是，或許也可能會一個人，獨自在荒野中孤獨前行。

然而，要是有人能一同陪伴，一起在那條路上前行的話，可能比什麼都還要振奮人心。即使，那個人是敵人。

可是，由於他們成長的過程都在鍛鍊，或許在人際交往上會有些困難。尤其是戀愛方面，這應該是最困難的吧。

若是如此。

讓這兩人相親的話——

回想起最初，腦內是以這樣的想法作為契機（大概），於是本作就誕生了。

要是以相親展開，就能品味笨拙且率真的主人公們，他們的對話和生活方式，那也是我所希望的。

感謝的話語。

非常感謝一直關照我的小原様、GA文庫的相關人員、製作中文版的更生文化設計，以及書店的各位人員。托各位的福，才能讓本書順利面世，並送交到各位讀者手中。

負責插畫的U35老師，畫出了比作者我本人想像中，還要更有魅力的角色們，令我非常期待每次收到的插畫。蕾法很可愛，大家都很可愛！

我每天都十分感謝，平時就以各種形式給我建議的作家同伴、朋友和家人。

然後，我當然要向讀過本書的各位讀者，再次致上最高等級的感謝！

那麼，希望能與各位再次相會。

※編者註——作者提到的漫畫是「第一神拳」，該台詞出現於第一話。

最強之間的相親結果

發　行：2022年2月14日 初版第一刷
著　者：菱川さかく
發行人：巫素鐘

出版者：更生文化設計有限公司
〒106－41
台北市大安區信義路二段72 號地下
電話：(02)2836-9888
email：gscdl1111@gmail.com

總編輯：何培慶
美術設計：HPC
翻譯：江東

Printed in Taiwan
ISBN 978-986-06441-6-6